달 위를
걷는 느낌

달 위를 걷는 느낌

김윤영 장편소설

창비

차 례

프롤로그

남자는 차에서 내려 그대로 서 있었다. 어쩌면 밤하늘을 응시한 건지도 모른다.

멀리 보이는 달의 자태는 흐릿하다.

달이라니……

마치 데자뷔 같다. 남자는 자신이 저길 갔다 왔다는 사실이 가끔은 실감 나지 않는다. 그 형용할 수 없는 벅찼던 감정이 이제 많이 희석되었다. 믿고 싶은 않은 기억들은 생생한데 원초적인 기억은 오히려 떠오르지 않는다.

손에 든 방사능 검측기의 계기판을 흘깃 쳐다보았다. 2041년 ○월 ○일, 총 방사능량 0.015밀리시버트(mSv/h). 낮지는 않지만 위험한 수치는 아니다. 특이한 냄새도 조짐도 없다. 100킬로미터 이상 떨어진 집에서 잰 수치는 이것의 10분의 1이었다.

하지만 남자는 안다.

이곳에서 십여 킬로미터만 더 들어가면 측정계 눈금은 요동을 칠 것이다. 방사능 물질은 마치 후추처럼 뭉쳐 다닌다. 남자가 그 숲에서 들었던 최고 수치는 자그마치 101.01밀리시버트. 잊을 수 없다.

이 싱그러운 흙냄새와 숲 내음은 변함없을 듯하지만 곧 엷어질 것이다. 새도 나무도 흙 내음도 제비들과 개구리와 자두나무들과 물새들도 서서히 병약한 모습을 드러낼 것이다. 어딘가에선 자취를 감출 것이다. 아무리 철통같이 방어한다 해도, 그걸 다 숨기는 건 무리다. 그게 무리라는 걸 아직도 모르는 이들이 세상에 많다.

남자는 웃고 있다.

손에 든 검측기를 내려놓고 주머니에 든 고화질 휴대폰을 꺼내 동영상 모드로 바꾼다.

"루나야."

남자는 그 화면을 보고 담담히 말하기 시작한다.

"전에 아빠가 미래에 대해 얘기했던 것 기억하니? 요즈음 아빠는 더 자주, 미래를 생각해. 아니 기억해. 내 미래가, 그리고 이 이야기가 어떻게 이어질지 아빠는 알고 있어. 기억하니까, 알 수 있어.”

거기까지 말한 순간, 예상치 못하게 목이 콱 메어 왔다.

아이의 얼굴이 떠올랐다. 아내의 얼굴도 함께.

남자는 정지 버튼을 누르고 잠시 숨을 골랐다. 차로 돌아가 앉아 눈을 감아 본다. 시간이 얼마 안 남았다는 게 실감 났다. 고개를 돌리니 조수석에 누더기 같은 형체를 한 물건이 그를 빤히 바라보고 있다. 마치 아빠를 바라보는 딸아이의 눈빛 같다. 아이는 아빠가 만든 그걸 보고 걸레 같다고 생각하지만 차마 아빠에게 그런 얘길 하지 않는다는 걸 남자는 알고 있다. 남자는 그걸 만지작거린다. 자기도 모르게 빙그레 웃음이 지어진다. 마지막으로 내일 이것을 날려 주겠구나. 아이의 손때가 느껴진다. 껌 자국일지도 모른다.

다시 버튼을 눌렀다.

“루나야. 우리 식구는 여행을 갔다가 예상 못 한 일을 겪게 될 거야. 그래서, 우리 미래는 과거를 닮지 않을 거야. 아빠는 그걸 믿어. 사랑하는 우리 딸, 루나야. 혹시 아빠에게 안 좋은 일이 생겨도 너무 놀라지 말고, 특히 너와는 아무 상관 없는 일, 어차피 일어날 일이라는 걸 알기 바란다. 우주의 순리라고 생각해 주렴. 아빠는 이렇게 예정된 인생을 걸어갈 뿐이란다. 정확히는 모르지만, 아빠 인생의 가장 끔찍한 시간들이 곧 시작될 거야. 그리고 아빠는 그걸 받아들이려고 해.”

물리학자로서 살아온 사십여 년이 후회되는 건 아니다. 남자도 두렵다. 하지만 그것을 드러내선 안 된다고 생각한다. 자기 자신만을 위한 게 아니다. 달에서의 그 일도, 보이저 2호의 응답 메시지도, 남자가 경험한 모든 것에는 다 이유가 있으리라. 무섭진 않다. 다만 아이와 함께 있어 주지 못할 앞으로의 시간들이 안타까울 따름이다. 그 반짝이는 눈빛을 보지 못하고 새로 발견할 중성자별의 좌표에 대해 얘기하는 걸 들어 주지 못하고 자다 깬 아이를 다독여 다시 재워 주지 못할, 그 숱한 시간들이 미안할 뿐이다.

하지만 해야 한다.

괴로운 기억의 총량은 줄어드는 법이라고, 에너지는 원래 그런 법이라고, 인간은 그래서 살아갈 힘을 얻는다고, 아이에게도 일러 주지 않았던가.

남자는 다시 버튼을 눌러 촬영을 시작했다. 남자의 눈자위는 어느새 빨갛다.

"루나야. 우리 인간에겐 경이로움을 향한 시적인 욕망이 있단다. 과학의 원동력도 이와 다르지 않지. 과학 안에도 아름다운 시가 존재할 수 있고, 그럴 수 있도록 노력해야 하는 게 바로 과학자의 임무란다. 인간의 존엄성은 꺾이지 않아. 우리가 우주를 탐구하는 건 평화로운 공존을 위해서라고 했지? 그러니까 우린 승리할 거야."

남자는 거기서 버튼을 눌렀다.

정말, 그럴 수…… 있을까?

아무래도 안 되겠다. 집에 돌아가 서재에서 다시 찍어야겠다고 생각한다.

차에 시동을 걸기 전, 갑자기 남자는 아스라이 멀어져 간 어떤 기억, 다 잊어버렸다고 생각했던 어떤 기억이 문득 되살아나는 것을 느꼈다.

그것은 달 위에 처음 발을 디뎠을 때의 그 기분, 바로 그 환희다. 그때의 열정이 생각났다.

남자는 그것을 믿고 싶다. 믿기로 했다. 미래는 이미 던져졌다. 아니, 우주를 향한 방아쇠가 당겨졌다.

나는 과학자다. 그리고 우주 비행사다. 그리고 진실의 탐구자다.

남자는 차에 시동을 걸었다.

*

그 시각, 집에서 아이는 책을 보다 잠들어 있었다.

아이는 불현듯 놀라며 꿈에서 깼다. 뒤숭숭한 꿈이었다. 자기 방에서 나와 서재로 간 아이는 눈을 비비며 다시 안방으로 갔다. 아이는 자는 엄마를 물끄러미 내려다본다.

"엄마."

"아유, 깜짝이야. 루나야, 놀랐잖니. 왜 또 깼어?"

"제 유전자는 저를 조롱할까요?"

"그게 무슨 소리니? 루나, 지금 몇 신데 그래."

"도킨스가 그랬어요."

"그게 누군데?"

"……."

"얼른 자라. 내일 우리 놀러 갈 거니까 일찍 자 둬야 해."

"아빠는요?"

엄마는 이미 돌아누웠고 금세 잠든 것 같다. 잠든 척하는 것일지도 모른다.

아이는 옆에 낀 책을 그대로 들고 자기 방으로 갔다. 아이는 또래인 일곱 살 아이들보다 한참 작다. 무슨 옷을 입어도 늘 헐렁하다. 잠옷 자락을 질질 끌면서 아이는 침대로 올라가 눈을 감는다. 아빠가 있었으면 양을 세 줬을 텐데. 아이는 혼자 237마리까지 세다가 포기했다. 아빠가 세어 주지 않는 양은 소용이 없다.

안 되겠다. 원소를 외워 보자.

불안하거나 마음이 울렁거릴 때, 아빠는 아이에게 주기율표를 외워 보라고 했다. 아무 데나 기억나는 곳에서부터 시작하면 된다고 했다.

57번 란타넘, 58번 세륨, 59번 프라세오디뮴, 60번 네오디뮴, 61번 프로메튬, 62번 사마륨, 63번 유로퓸…….

아이는 잠결에 아빠가 들어와 얼굴을 매만지고 굿나잇 키스를 한 것을 알지 못했다. 아빠의 뜨거운 눈물방울이 얼굴을 촉촉이 적셨던 것도 알 리 없다.

그래도 아이는 원소들 덕에 편안한 잠을 잘 수 있었다.

1. 플라이 투 더 문

아아, 마이크 테스트, 마이크 테스트.

이게 잘 들리는지 모르겠네.

아빠 이상하지 않니? 잘 보이겠지? 옆에 웃기게 생긴 사람은 제이슨 아저씨야. 자, 인사 한마디 하고!

흠흠, 숨 좀 가라앉히고…… 이제 본격적으로 우리 딸에게 보내는 영상 메시지를 시작합니다, 하하하.

자, 2039년 9월 9일. 기억해라, 오늘을. 아빠가 지구를 떠난 지 이제 겨우 두 시간 됐구나. 아폴로호를 탔던 우주 비행사들은 네 시간이 지나서야 달의 궤도에 올랐다지만 우린 지금 궤도를 다 돌고 착륙을 눈앞에 두고 있어.

이렇게 가까이 달을 보고서 나는 처음에 그 색깔에 놀랐단다. 아주 어두운 납빛이었거든. 너한텐 잘 안 보일 거다.

점점 가까이 가니 선이 보이기 시작했어. 밤에서 낮으로 바뀌는 부분이 흰 도화지와 먹색 도화지를 붙여 놓은 것 같았지. 우리가 흔히 생각하듯이 희미하고 애매한 선이 아니라 아주 뚜렷하게 경계가 드러나는 그런 선이었단다. 빛을 산란시키는 공기 오염이 적어서 그렇다고 했던가. 그림자들도 아주 명확하고.

고도 15,000피트의 지구 궤도에 도달하기까지는 십 분 정도 걸렸는데 그 직후에 봤던 지구의 모습은 정말 기가 막혔지. 풋풋한 녹색과 청색, 갈색이 어우러진 싱그러운 입체감을 어떻게 말로 설명할 길이 없구나.

그런데 유럽 중부를 지나고 러시아 남부를 쭉 훑다 보니 이상한 형광빛이 가늘게 눈에 띄더라. 바로 오염된 강물이래. 인(燐)이 반사하는 빛깔이라는 거야. 템스 강과 센 강은 이미 썩은 물이 된 거라고 하더구나. 그 위엔 얇은 목도리처럼 막이 쳐 있었어. 바로 스모그였단다.

얼마 안 되어서 그 딱 축구공만 했던 지구는 당구공만 한 크기로 작아지더니 지금은 구슬만 한 크기로 보이고 있단다. 꼬물꼬물한 그 인간들, 몇십억 몇백억이 넘는 생명체들이 저 작은 구슬 위에 모여 살다니, 갑자기 실감이 안 나고 묘한 기분이 들더구나.

페이로드 스페셜리스트 세 명과 나, 그리고 캡틴 이렇게 다섯 명은 마음의 준비를 하고 가까워지는 달 표면을 바라보았어.

납빛은 이제 불그스름한 색으로 변해 있다. 우리가 목표로 하는 착륙 지점은 '인식의 바다'란다. Mare Cognitum. 지름이 370킬로미터인 작은 평지지. 거기에 우리는 모듈을 설치하고 실험을 겸한 발전소도 점검할 예정이란다.

아, 지금 막 창밖으로 고요의 바다와 아폴로 11호 기지가 보이는구나. 최초로 달에 착륙했던 우주선, 그게 자그마치 1969년의 일이란다. 그렇게 오래전에 이런 우주선을 만들어 성공했어. 물론 고다르 박사가 만든 로켓의 기본은 지금도 유효하단다.

20세기, 우주 탐사 황금기에 달에 왔던 우주 비행사들 중 아직까지 살아 있는 사람은 이제 겨우 두 명이라는구나. 저 아폴로 11호에 탔던 최초의 비행사들 중 닐 암스트롱은 진즉에 세상을 떴지. 그 뒤를 따라 달에 내린 비행사, 버즈 올드린은 2039년인 지금까지도 살아 있단다. 기억해 둬라. 그 이름, 버즈. 그는 아마 연장 치료를 받아서 나이가 꽤 많을 거다. 한번은 그를 꼭 만나 보고 싶은데 말이야.

참, 놀라운 이야기가 또 하나 있단다. 이 달의 바다라는 명칭은, 사백 년 전 이탈리아의 수도사들이 지은 거라는구나. 조반니 바티스타 리치올리와 프란체스코 마리아 그리말디라는, 이름도 외우기 어려운 두 사람이 라틴어로 지은 이름이래. 그 당시에는 달에

물이 있을 거라고 생각했기 때문에 '바다'라는 이름을 붙였대.

1651년, 비행기도 카메라도 컴퓨터도 없고 허블 망원경은 꿈도 못 꾸던 그 까마득한 시절에 지은 이름을 우리는 지금까지 간직하고 있는 거지. 그래서 '고요의 바다' '감로주의 바다' '폭풍의 대양' '무지개만' 이런 낭만적인 이름들이 탄생한 거고.

만일 현대에 와서 이름을 붙였다면 뭐라고 했을까. B29, RT11 아니면 애플, 구글, 도요타, 삼성 이런 식의 운치 없는 이름으로 부르지 않았을까. 그러지 않아서 너무 다행이라는 생각이 들어.

인류를 위해 한잔 건배하고 싶구나, 치어스.

이제 정말 착륙이다.

*

여자아이는 주차장에 세워진 차들을 뚫어지게 바라보고 있었다. 갈래머리에 빨간 뿔테 안경을 쓴 아이는 시계추처럼 상체를 까닥거렸다.

아이는 차들을 바라보고 있었다.

주차된 차들 가운데 43.5%는 소형차이고 21%는 밴, 33%는 하이브리드 카, 2.5%는 정체를 파악하지 못한 차들이다. 52%는 검정색, 24.5%는 흰색, 18%는 회색, 3%는 빨간색, 2.5%는 배운 적 없는 색상들이다. 마음에 들지 않는 패턴이다.

아이는 곧 뭔가를 중얼거리기 시작했다. 란타넘족 원소들을 생각하면 마음이 편해졌다.

57번 란타넘(La)에서부터 58 59 60 61…… 71번 루테튬(Lu)까지 15개의 원소들. 란타넘족 원소들은 맨 바깥 전자 껍질의 전자 배열이 거의 똑같다. 그 점이 아이의 마음에 들었다. 아이는 이 세상도 원소의 세계와 비슷한 데가 있다고 생각했다. 양성자와 중성자로 이루어진 원자핵은 움직이지 않고 전자는 쉴 새 없이 이리저리 움직이기 때문이다.

아이는 자신이 절대 원자핵 같은 존재가 될 수 없다고 생각해 왔다. 자신은 전자와 같은 운명이었다. 늘 움직이니까. 책상 앞에 앉으면 발을 흔들었다. 떠는 게 아니라 30도 각도로 흔든다. 목도 움직였다. 목의 진동 폭은 30도보다 훨씬 작다.

진동. 아이가 사랑하는 공학적 움직임.

특히 트램펄린에 올라갔을 때의 중력의 느낌을 아이는 소중하게 여긴다. 방방 뛰어오를 때 아이는 스스로가 나비 같다고 느꼈다. 더 높이 올라갈수록 더 따뜻한 공기에서 더 좋은 향기가 나는 것처럼 느껴졌다.

아이는 늘 연처럼 유유히 하늘을 날아 보고 싶었다. 그보다 많이 빠른 건 무서웠다. 어떤 의사 선생님이 물은 적이 있다.

"무중력 상태의 우주인 같은 기분인 거니?"

그건 모르겠다. 우주에 나가 본 적이 없으니까.

"루나—"

부르는 소리에 아이는 고개를 돌렸다. 자기처럼 진자 운동을 일삼는 친구들, 역시 원자핵과는 거리가 먼 친구들이다.

한 명은 땅딸하고 볼이 빨간 남자아이다. 고개를 까닥거리며 걷고 있다. 또 한 명은 키 큰 여자아이다. 얼굴에 다닥다닥 주근깨가 박혀 있지만 더 이상한 건 불룩 튀어나온 눈이다. 걷는 것은 다리가 꼬일 듯 불안하다.

친구들을 바라보다 아이는 생각했다.

나도 어릴 때 유니처럼 눈이 튀어나왔었는데.

지금은 빨간 안경 덕분에 티가 잘 나지 않아 다행이다. 하지만 아이는 이런 말을 친구 앞에서 한 적이 없다. 친구가 슬퍼할 말을 해서는 안 된다고 수십 번 듣고 배워 왔기 때문이다. 동네 아이들이 개구리니 이티니 하고 놀리면 얼마나 속상했는지 아이는 기억하고 있었다. 아이는 처음에 연기하듯이 시침을 뚝 떼야 한다고 생각했었다. 이젠 굳이 연기를 하려고 들지 않아도 저절로 적응이 되었다. 모든 사람에게 연기하지 않아도 되어 정말 다행이었다.

이 얘기를 하자 아빠는 "맞아, 우리 루나 똑똑하구나!" 하며 한쪽 눈을 찡긋 감았다 떴다. 아빠, 눈이 아파요? 하고 물었더니 아빠는 이게 윙크라고 가르쳐 주었다. 우리는 좋은 편, 아자! 이런 뜻이라고 했다. 벌써 삼 년 전 일이다.

그 순간, 셔터가 올라가고 시민 공원 정문이 열렸다.

"너희들, 정말 일찍도 왔구나. 뭐? 오늘 또 방사선량이 치솟았다고? 그래서 휴교하는 거냐?"

학교장 재량에 따라 안 쉬는 학교도 있지만 아이들 학교는 특수 학교라 휴교가 잦은 편이었다. 그날의 일기 예보와 방사선량과 오존, 스모그 예보에 따라 그렇다. 그래서 아이들은 아침 8시부터 이곳에 왔다.

경비 아저씨는 보풀이 몇 개 드러난 낡은 남색 점퍼를 걸치고 있었다. 아이들 셋은 똑같은 생각을 하고 있었다. 아저씨, 그 보풀 좀 제가 떼어 내면 안 될까요?

뚱보가 팔을 긁기 시작했다. 뚱보의 엄마는 옷을 사면 상표나 세탁 방법이 표시된 라벨까지 몽땅 잘라 내고 옷을 입혔다. 양말 봉제선이나 실밥도 못 견뎌 해 일일이 제거해 주었다. 안 그러면 가렵단다.

"자, 오늘도 천체 투영실부터 보여 줄까."

플라네타리움. 천체 투영실보다 이렇게 부르는 걸 아이는 더 좋아한다. 플라나리아와 발음도 비슷하다. 아이에겐 생각만 해도 기분 좋아지는 단어들이다. 플라나리아의 재생, 그 무수한 반복과 정교한 대칭은 수십 번 돌려 봐도 질리지 않았다. 아름다움, 아이는 거기에 늘 매혹되었다.

세 친구는 앞뒤로 줄을 맞춰 그 안에 들어갔다. 늘 아이가 첫 번째, 개구리눈이 다음, 뚱보가 마지막이었다. 순서가 바뀌거나 간격이 벌어지는 일은 없다. 똑같은 게 안심이 된다. 아이들은 변화를 싫어하는 게 아니라 무서워했다.

플라네타리움 안의 천장은 반구형 스크린으로 둘러싸여 있었다. 언제 봐도 황홀했다.

"매일 세 번씩 와서 봤으면 좋겠어요. 전 아저씨가 정말 부러워요."

"그래, 썩 나쁘지 않지."

"최고의 직업이에요."

아저씨는 기분 좋게 조명을 내렸다.

"저도 가 볼 수 있을까요? 저기 저 별요. 아, 도대체 우주의 끝은 어딜까요?"

"우리나라도 언젠가 우주선을 더 보낼 날이 오겠지. 너희들이 다 크면 그럴 날이 올 거야. 나한테는 이제 꿈같은 일이지만."

"버즈는 올해로 백열 살이 넘었어요. 그래도 아직 우주선을 탈 수 있는데요."

뚱보가 말했다. 버즈가 누군지 여기 있는 사람들은 다 알고 있다. 달에 최초로 내린 아폴로 11호의 비행사. 약간 미쳤다는 소문이 들려왔지만 그렇게나 많은 스캔들과 루머 속에서도 중국인들과 우주 관광 회사를 운영하고 있다고 뉴스에 곧잘 나오는 사람이다.

"노마야, 그런 위인 비스무리한 인물하고 나하고 어떻게 같겠니? 그 사람은 철인이야."

"철인이 뭔데요?"

"위인 비스무리한 사람이지."

"아저씨, 만화 영화 「토이 스토리」에 나오는 버즈가 바로 그 진짜 버즈의 이름을 따온 거래요. 아저씨도 아셨어요?"

"그럼, 알다마다. 디즈니 사에 소송까지 걸었지만 패소했을걸. 너희들도 다 봤냐? 내 손자들한테도 한 백 번은 보여 준 것 같구나. 지금 6편까지 나왔던가?"

"전 그거 좋아하지 않아요. 너무 엉터리예요."

뚱보가 말하자 개구리눈도 눈치를 보며 덧붙였다.

"저도 유치해서 싫어요. 나오는 애들도 다 잔인해요."

경비 아저씨는 고개를 갸웃거렸다.

"그것 참 이상하구나, 보통 애들은 다 재밌다는데."

아이 셋 다 디즈니 만화 같은 건 좋아하지 않았다. 칼 세이건의 『코스모스』에 관한 다큐멘터리를 훨씬 더 재미있게 보는 아이들이었다.

"그럼, 우리 명왕성 모양 캔디나 하나씩 먹을까?"

세 아이들은 아무도 그 캔디를 좋아하지 않았다. 하지만 아저씨가 진심으로 자신들에게 호의를 베풀고 싶어 한다는 걸 알고 있었기에 이렇게 말했다.

"주세요. 얼른 먹고 싶어요."

다른 아이들은 학교에서 거짓말이 나쁘다고 배운다. 세 친구가 다니는 학교에선 이런 거짓말을 외우고 익히게 했다.

그래도 거짓말은 거짓말인데. 아주 약간 가슴속이 서늘해졌다.

아이는 한 손으론 캔디를 들고 다른 한 손으로는 주먹을 쥐었다. 주먹 속에서 달가닥거리는 소리가 들리는 것 같았다. 전에 다니던 학교 아이들이 주사위를 빼앗아 버린 후, 아이는 아무것도 갖고 다니지 않기로 했다. 아빠와 약속했다. 상상의 주사위가 손안에 있으니 뺏길 필요도 없다. 아빠는 아이에게 상상력이 풍부하다고 칭찬해 주었다. 단짝인 두 친구에겐 이것도 비밀이었다.

아이는 오늘 집에 가서 오랜만에 버즈에게 팬레터를 써 볼까 하고 생각했다. 이번엔 어떤 얘기를 쓸까. 아빠 이야기 중 안 한 게 뭐가 있을까. 아빠라면 무슨 말을 쓰라고 했을까. 무려 스물세 통을 보냈지만 아직 답장이 없다.

아빠는 그런 사람에게 답장을 기대하면 역효과가 난다는 얘기를 했었다. "이봐요, 웬만하면 답장 좀 주시죠?"라는 말을 정말 쓰고 싶었지만 그래서 늘 참는다. 23, 이것도 뭐 괜찮은 숫자다. 소수이고, 이진수로는 10111.

버즈는 위인 비스무리한 사람이니까 답장 쓸 시간도 없을 것이다. 그럴 만하다.

루나는 리치크레티앙식 망원경에 얼굴을 갖다 대고 우주의 파편들을 들여다보았다. 눈에 별들이 쏟아졌다.

이번에는 중력이 반으로 줄어드는 기분이었다. 중력이 더 줄어든다면 풍선처럼 가벼워지겠지. 연처럼 날 수도 있을 것이다. 아이는 잠깐 꿈을 꾸었다. 풍선처럼 날아서 예쁜 나비 연 위에 올라타는 꿈. 하지만 실제는 그와 달랐다. 연은 날아가고 사람은 날 수 없다. 우주선은 날지만 사람은 날 수 없다.

갑자기 등이 딱딱해지는 기분이었다. 또 거북이가 된 것 같았다.

2. 달 위를 걷는 것은 바로 이런 느낌

달에 내렸을 때의 첫 느낌은, 솔직히 예상과 달랐단다.

서쪽으로 리파에우스 산맥이 있고 반대쪽엔 폭풍의 대양, 그 유명한 코페르니쿠스가 남쪽으로 보였는데, 이건 정말 지나치게 낯익은 풍경 같았단다.

나무가 없고 평평하다는 점만으로는 묘사가 잘 안 되는구나. 겨울밤 아무도 없는 대관령 스키장에 서 있을 때의 적막감, 몇 년 전 들른 미국의 그랜드 캐니언이나 터키의 카파도키아도 그랬고 가 본 지 오래된 요르단의 페트라도 이런 느낌과 비슷했어.

결국 이 친화감은 그거였지. 색깔만 보정한 지구 같네, 하는 생각 말이야. 외계의 낯선 이물감이 덜 느껴져서 당황스럽다니, 아이로니컬하지.

내 몸엔 다섯 개나 되는 바이오 메디컬 센서가 부착되어 있는데 맥박만 약간 빨라졌더구나. 감압증도 거의 없었고 무엇보다 우주 멀미를 하지 않아 다른 대원들이 무척 부러워했지. 희귀한 체질인데 과연 너도 그럴까 궁금하구나.

시력은 더 좋아진 느낌이 확연하다. 그런 상태에서 다시 한 번 이 인식의 바다를 둘러본단다. 달은 지구의 위성이 아니라 형제 행성과도 같다는 게 실감이 나는구나. 총 면적은 지구보다 훨씬 작지만 말이야.

가장 큰 차이야 생명의 기운이 전혀 없다는 점이지. 아까 지구 궤도에서 본 대륙의 생생한 풀빛이 여기선 먼 세상 일 같다. 장엄하지만 서글픈 느낌. 지구는 비록 오염이 되긴 했지만 우리가 살아가기에 완벽한 공기, 온도, 습도가 다 갖춰진 곳이지. 애야, 그거 아니? 아직도 우리가 아는 어떤 행성이나 항성에서도 이 비슷한 조건은 지금껏 찾아볼 수가 없단다.

150억 년 동안 이 우주 안에서 수소 원자가 성취한 최고로 근사한 일 중 하나가 지구의 바로 우리 인간이라면, 기쁘기도 하지만 솔직히 우주의 낭비 아닐까 싶기도 해. 우주가 대하 서사시라면 지구는 콤마 하나나 둘 정도에 불과할 거다. 태양은 겨우 글자 하나 정도?

여기서 자원 채굴용 로봇 팔을 세팅하고 기지 건설용 콘크리트

성분을 채취하고 희토류 원소를 분리해 지구로 공수하고 직접 헬륨 3를 추출하는 실험을 하고…… 물론 유용한 일인 건 안다. 그런데 장기적으로 보면, 과연 이것이 분별 있는 행동일까, 혹시 우주의 균형을 깨뜨리는 행위가 아닐까, 고민이다.

과학은 밝히면 밝힐수록 본모습을 감춘다고 조금 전에 얘기했지? 내가 비록 이론이나 공식으로 먹고사는 학자 나부랭이지만 이거 하나는 확실하단다.

자연 과학의 핵심은 인프라가 아니야, 절대로.

어쩌면 어디선가 우리를 지켜보는 지적인 생명체들이 우리의 이런 모습을 보면서 지구의 쇠락을 예상하지 않을지, 개선 가능성이 없는 낙후된 문명이라고 점치지 않을지 걱정이 된다.

그런데 이 영상을 네가 언제 보게 될지, 도저히 가늠이 안 되는구나. 그날을 생각하니 가슴이 뛰고, 내 이야기를 어떻게 받아들일지도 궁금하단다.

그럼 이 이야기를 먼저 해 볼까. 아주아주 옛날, 조그마하고 귀여운 무인 탐사선을 우주로 쏘아 보내던 시절이 있었단다. 이름들도 거창했어. 파이어니어, 보이저, 큐리어시티 등등.

그중 내가 말하고 싶은 건 바로 보이저호란다. 목성 토성 해왕성 천왕성 등 일명 그랜드 투어를 해치운 아주 장한 녀석이지. 이 녀석에 꽂혀 있는 컴퓨터 칩으로 말할 것 같으면, 그러니까 그 옛날

닌텐도라는 회사에서 만든 8비트, 1.6메가헤르츠의 구닥다리 모델인데, 이 정도 사양은 거의 가정용 게임기 수준이야. 믿기 힘들겠지만 그런 수준의 장치가 그 투어를 다 해내고 훌륭한 사진들까지 전송해 보냈단다.

결국 그 녀석도 2025년에 완전히 기능이 정지됐어. 지구와의 통신이 마지막으로 끊기던 그 순간, 마치 정든 강아지와 이별하듯이 울컥하던 많은 과학자들이 생각난다. 나의 은사님도 그중 한 분이었어.

더 이상 우리와 접촉하지 못하는 보이저호는 지금도 우주를 떠돌고 있어. 태양계 밖 가장 가까운 별이라는 프록시마 별까지 가는 데는 30만 년이 걸리겠지만.

그런데 보이저호가 더 특별한 이유가 뭔지 아니? 거기에는 인간의 평화 메시지 등등을 잔뜩 담은 '골든 디스크'가 실려 있기 때문이야. 그전의 파이어니어호에도 동판 한 장을 싣긴 했지. 사람의 누드를 실었다고 말이 많았었어. 보이저호에는 아날로그로 기록된 백 장이 넘는 그림들, 자연의 소리와 여러 나라의 인사말 등등이 들어 있지. 당시 미국 대통령이던 지미 카터의 목소리도 녹음되어 있고.

물론 아는 사람은 다 아는 거지만, 그걸 보낸 1970년대에도 정말 그 음반이 외계인들 손에 들어가리라고 다 믿지는 않았단다.

그런데 말이다, 세상엔 정말 이해할 수 없는 일들이 예고 없이 일어난단다. 물리적으로 기술적으로 불가능한 일이 십이 년 전에 일어났거든. 아까 말한 보이저호, 그 가운데 보이저 2호, 그 죽은 탐사선에서 통신이 재개된 거야. 이해되니? 상상도 안 되던 일이 벌어진 거야. 처음엔 당연히 오류이거나 괴짜들의 조작극인 줄 알았단다. 아니면, 흔히 그렇듯 중국의 정찰 위성이거니 생각했단다. 그런데 아니었어.

그것이 보이저 2호만의 고유한 코드를 담은 전파라는 게 서서히 감지되기 시작했어. 설마설마하면서도 세계 천문학계, 그리고 전파 과학계가 술렁거리기 시작했지.

여러 번 끊어서 도달한 전파의 제일 처음이 무슨 소리였는 줄 아니?

"우리는 이 메시지를 우주로…… 어쩌면 많을지도 모르는 생명체가 있는 행성과 우주를 여행하는 문명을 향해 보냅니다. 이 기록은 넓고 위대한 우주에 대한 우리의 희망과 의지와 선의를 의미합니다."

이 음성은 지미 카터의 것이었어. 보이저 2호에 실렸던 바로 그것. 내가 이 머나먼 별에 오기까지, 그 사건은 큰 전환점이 되었단다.

아, 이런…….

대원들이 저기서 날 부르는구나. 우리 일정은 아주 치밀하게 짜여 있어서 개인 시간이 별로 없단다. 내 왼쪽 소매에도 그 체크 리

스트가 붙어 있지. 이제 나는 일본인 대원들과 함께 루나로버를 타고 나갈 거란다.

실험 관측 장치를 정비해야 해. 동력용 태양 전지를 이곳 모듈에 연결시키려면 그 전지속의 X선 망원경과 극단 자외선 카메라, 헬리오그래프, 코로나그래프, 알파 수소 망원경 들을 다시 한 번 점검하고 그동안 일어난 버그도 잡아내야겠지. 전에는 일일이 그 모니터 자료를 지구로 전송해 전문가들의 조언을 들었어. 그런데 그 작업도 한계에 부딪혔지. 이곳 시스템의 노후화로 통신 두절이 빈번해졌거든.

작업을 하는 틈틈이 나는 지구를 쳐다본단다. 여기서 보는 지구는, 뭔가 가슴을 뭉클하게 하는구나.

루나로버가 오고 있다. 우주복이 유난히 무거워 등이 뻐근하다. 남은 이야기는 다음에 해 주마.

*

"오늘은 좀 늦었구나."

루나는 병원 로비 바닥에 코를 박고 앉아 있다가 고개를 들었다. 휠체어를 탄 남자가 바로 앞에 와 있었다. 소맷부리에 비어져 나온 건 핑크빛이 도는 고무손이었다. 익숙한 고무손.

"천문대에서 별 보다가 늦었어요. 근데 여긴 웬일이세요?"

"바람 좀 쐬려고. 그러는 너는 뭐 하니? 또 무슨 수학 공식 생각해?"

"아니에요. 이 마름모 무늬의 패턴을 보고 있었어요. 각도가 15도씩만 더 작아도 더 예쁜 차원 분열 도형이 되거든요. 물리학적으로 그게 뭔지 설명해 드릴까요?"

"아냐, 됐어. 너무 어려울 것 같구나."

"원래 물리라는 게, 조금만 안다는 건 불가능해요. 빅뱅에서 은하계까지, 전자에서 초신성까지, 다 그래요."

"그러니. 참, 어제 텔레비전에서 네가 자주 얘기하던 걸 봤는데 말이야. 뭐더라? 무슨 끈?"

"초끈."

"그래 맞다, 그거! 이 세상의 가장 작은 알갱이가 그렇게 라면 같은 꼬불탕꼬불탕한 모양이라니 진짜 웃기더라."

"약력 매개 입자인 W, Z 입자의 방정식요. 오일러의 베타 함수와 딱 맞아떨어져서 10의 마이너스 33제곱센티미터의 미세한 끈의 진동을 발견한 거죠. 더 쉽게 말하면, 입자가 진동하는 끈이라서 약력 입자 방정식이 베타 함수처럼 표현되는 거예요."

"아이구, 역시 난 들어도 모르겠다."

"괜찮아요. 저도 다 몰라요. 전 세계에서 초끈 이론을 완전히 이해하는 사람은 얼마 없대요."

"누가 그러던?"

"우리 아빠가요."

아, 빠, 가, 요.

'아빠'라는 말을 입 밖에 내자마자 목이 간질간질하고 땀방울이 솟는 느낌이었다. 등이 무거워지는 게 서서히 느껴졌다.

"왜 그러니?"

"등이 아파요."

목이 아프다고 하면 어른들은 감기나 후두염 중이염 따위를 의심해 일이 커진다. 그냥 등이 아프다고 하면 다들 입을 다문다. 머리통만 한 혹이 등에 솟지 않고서야 더 이상 귀찮게 하지 않는다. 그렇게 말하다 보니 정말로 마음이 거북할 때면 등이 딱딱해지는 느낌이 들기 시작했다. 그 일이 있던 날, 삼 년 전부터 그렇게 된 것 같다.

"아빠는 보고 왔니?"

"아직요."

"……."

"아저씨."

"그래."

휠체어에 앉아 있던 남자는 일어나 조심조심 루나 곁 벤치로 옮겨 앉았다. 휠체어 뒤에 그의 본명이 적혀 있지만 사람들은 다 베드로라고 부른다. 그의 세례명이라는데, 루나는 그게 뭔지 정확히 모른다. 루나의 눈에, 그의 발목이 보였다. 의수와 똑같은 색깔의

핑크빛 고무 다리다. 양말을 신어서 눈에 잘 띄지 않고 언뜻 보면 진짜 사람의 피부처럼 보인다.

"아저씨, 전 공감하는 능력이 떨어지는 애잖아요."

"별로 그렇지도 않은데."

"전 이게 예의가 없는 질문인지 아닌지 자신이 없어요. 그동안 아저씨에게 꼭 묻고 싶은 게 있었는데, 해도 되나요?"

"그러려무나."

"아저씨가 괴로운 질문이면 그만, 하고 제 입을 막으세요."

"알았다. 도대체 뭐가 궁금한 거니?"

"손이랑 발 중에요, 어느 쪽이 더 아팠어요? 잘라 냈을 때요."

"……글쎄다."

"아저씨 얼굴이 꼭 똥 싼 표정이에요. 제가 잘못한 거죠?"

"아냐, 루나야. 그렇지 않아. 다른 사람들이 위한답시고 하는 말들이 더 불쾌할 때가 많은걸. 사람들은 원래 다 무신경해. 하체를 못 움직인다고 차마 입에 올릴 수 없는 말들도 수군대고."

"차마 입에 올릴 수 없는 말이 뭔지, 들으면 안 되나요?"

베드로는 씩 웃어 보이며 가슴에 매단 십자가 목걸이를 만지작거렸다.

"그건 차마 말해 줄 수 없지. 사람들 중에는 말이야, 같은 인간을 비하하고 짐승처럼 여기면서 즐거워하는 사람들이 있어. 그렇게 말을 떠오르는 대로 다 해서 남에게 상처 주는 사람들은 자기가 얼마나 불쌍한 존재인지도 몰라. 자, 하여튼 간에 말이다, 아저씨도 수술할 땐 전신 마취를 했기 때문에 정확한 느낌은 기억이 안 나는구나. 절단하기 전에 아주 시커멓게 썩은 손을 보고 충격을 받긴 했었지."

베드로는 소매를 걷어 팔꿈치 안쪽을 가리켰다.

"바로 여기에 문신이 커다랗게 있었단다. 우리 딸이 태어났을 때 만들었지. 큐피드든가 뭐 그런 날개 달린 천사 그림이었어. 팔이 잘린 것보다 그게 사라져서 가슴이 좀 아프구나. 너도 알다시피, 지금 나는 걔를 자주 못 보잖니?"

루나는 아저씨가 이혼했다는 걸 알고 있었다. 외할머니가 다른 환자 보호자들과 수다 떠는 걸 들었다.

—세상에, 보상금 싹 챙기고, 여편네가 애랑 내뺐다는구먼.

루나의 친구, 노마와 유니도 모두 부모님이 이혼했다. 장애가 있으면 가정은 유지되기 어렵다고들 했다. 부모가 다 같이 사는 루나의 집은 퍽 드문 케이스였다.

물론 그것도 알 수 없는 일이다.

왜냐하면 요즘 엄마가 자주 만나는 사람이 생겼기 때문이다. 이 병원 의사라는데, 전부터 알던 사이 같다. 그 아저씨는 처음 봤을 때부터 꼭 참기름 통에 빠졌다 나온 사람 같았다. 그리고 루나만 보면 마치 오랫동안 알고 지낸 사람처럼 눈을 찡긋해 대고 아주 가관이었다. 자기가 본 남자 중 최악의 헤어스타일이라고 유니도 말했다.

앞가르마를 탄 아줌마 같은 단발머리, 근데 그 머릿결의 기름기가 장난이 아니다. 얼굴도 원래 번들번들한데 뭐가 좋은지 웃고 다녀서 더 느끼한 분위기였다.

아빠가 이 병원에 온 건 이 아저씨 때문이라는데, 엄마는 그 기름기한테 꼼짝을 못 했다. 얼굴만 보면 무슨 할 말이 그리 많은지 시간 가는 줄 모르고 수다를 떨곤 했다. 게다가 둘이 따로 저녁을 먹기도 했다. 남녀 관계 전문가인 유니의 말에 따르면, 다 큰 성인 남녀가 근사한 레스토랑에서 밥을 먹는 건 같이 잠을 자기 전 치르는 행위라고 했다.

저녁 약속이 있다는 바로 그날, 엄마는 삼 년 동안 한 번도 입지 않았던 보랏빛 시폰 원피스를 꺼내 입었다. 아빠가 결혼 기념일에 사 준 옷이다. 아빠는 보르도 와인빛이라는 색을 좋아해 그 옷을 골라 주었다. 똑똑히 기억한다. 그런데 엄마는 그런 옷을 다른 남자와 저녁을 먹을 때 입었다. 루나는 기분이 많이 나빠졌다.

그 뒤 루나는 이 주 동안 엄마에게 대답도 안 했지만 엄마는 그 이유를 알지 못할 것이다. 엄마는 그리 똑똑한 어른은 아닌 것 같다.

루나는 베드로 아저씨가 묵주를 꺼내 살살 돌리고 있는 걸 보았다. 아저씨도 딸이 보고 싶을 것이다. 그러나 재혼한 아내가 건강한 사내 아기를 낳았다는 소식을 들었을 때처럼 표정의 변화는 없었다. 루나는 사람들의 표정을 잘 읽고 숨겨진 감정도 잘 파악한다고 학교에서 칭찬을 받곤 했지만, 보통의 열 살짜리 여자아이들은 루나보다 훨씬 더 눈치가 빨랐다. 루나도 그 정도는 알고 있었다.

"아저씨."

"그래."

"어떤 말을 해야 될지 모르겠어요. 천문대 장 씨 아저씨는 할 말이 없을 땐 '아, 정말! 사는 게 왜 이러냐?' 이러래요. 어때요?"

"그건 네 나이에 맞지 않아. 그분은 나이가 어떻게 되는데?"

"한 오십? 아니면 칠십? 중학교 선생님이었대요. '눈치도 없고 고과도 낮아서 출세는 지지리도 못했지.'라고 늘 자랑해요."

"좋은 분 같구나."

"일주일에 여섯 번은 넘게 가잖아요. 어떨 땐 하루에 두 번도 가요."

"자주 봐도 친해지지 않는 사람들도 있단다."

"그 기름기 의사처럼?"

"그게 누군데?"

루나는 말하기가 곤란했다. 기름기의 정체는 실상 모호했다. 만날 실실 웃고 한가한 걸로 봐서 분명 실력 있는 의사는 아니다. 소속도 이상했다. 끌고 다니는 쫄병 의사 하나 없는 걸로 봐서 인기도 없고 힘도 없는 것 같았다. 생긴 것도 오징어 같았다. 그런 사람이 엄마는 왜 좋은 걸까.

"있어요, 그냥⋯⋯."

정확히 뭐라 말해야 할지 몰라 루나는 답답했다. 또래 아이들은 '나쁜 사람'이라는 말은 쓰지 않는다. 보통 애들은 주로 이런 표현을 썼다.

밥맛, 개쓰레기, 십장생, 왕재수, 또라이, 잉여, 개새끼 소새끼, 에이 식빵, 에이 십 원, 니미럴, 개차반, 호로자식……

그중에서 뭘 골라잡아야 하는지 알 수 없었다. 아저씨가 골라 주었으면 하는 마음으로 루나는 은밀히 물어보았다.

"글쎄다. 뭐 심한 말은 아니지만, 아까도 말했다시피 가급적 그런 말은 안 쓰는 게 좋아. 난 그 의사도 몇 번 못 봤고 말이야."

"아저씨는 어떤 표현을 즐겨 쓰세요?"

"그냥 평범하게 '밥맛'이나 '니미럴' 정도를 선호한단다. 그게 무난하지. 근데 루나야, 네가 그런 말을 쓰면 안 어울릴 것 같은데."

"다른 애들은 다 쓰는걸요. 역시 아저씨도 제가 평범한 애들과 다르다고 생각하시는 거죠."

"다르긴 하지. 너는 내가 아는 사람 중에 제일 머리 좋은 아이야. 너를 안다는 게 얼마나 자랑스러운 줄 아니?"

루나는 가만히 아저씨의 눈을 쳐다보았다.

베드로 아저씨의 좋은 점은, 루나가 어떤 말을 하고 어떤 표정을 지어도 겁먹지 않는다는 것이다. 사람들은 루나가 곤란해서 가만히 입 다물고 있으면 도리어 루나를 무서워했다. 노골적으로 저리 가 ××야, 하는 표정을 지으며 황급히 자리를 뜨곤 했다. 아니면 루나의 갈래머리를 잡아당기거나 발을 걸거나 옷 속에 개구리를 집어넣기도 했다. 또 루나의 주사위를 밟아 자근자근 부쉈던 아이는 동네 깡패였는데 루나에게 이렇게 말했었다.

"야! 넌 저능아, 지진아야."

주기율표는 고사하고 구구단 4단도 외우지 못하는 아이가 루나에게 저능아라고 욕을 했다.

아빠는 남자아이의 부모를 찾아가 사과를 요구했고 이를 방치한 학교를 고발했다. 그때 루나의 담임 선생님은 루나가 유난을 떨어서 다른 애들이 그러는 거라고 주장했었다. 선생님이 가르쳐 준 계산을 루나가 틀렸다고 지적했더니, "너는 애가 왜 이렇게 건방지니!"라며 루나의 손바닥을 스무 대나 때린 적도 있었다.

결국, 일주일 뒤 아빠는 루나를 특수 학교로 전학시켜 주었다. 그리고 아빠는 말했다.

"말도 안 되는 일은 다 잊어버리자, 루나야. 네가 얼마나 멋지고 영리한데! 걱정하지 마! 그런 멍충이들은 다 무시해. 자, 웃자! 아빠가 젤리빈 코에 끼워 볼까? 자, 두 개 들어갑니다, 자, 봐라! 어, 또 들어가네!"

루나가 종종 시무룩하게 있으면 아빠는 루나를 웃게 하기 위해 온갖 방법을 고안해 냈다. 그중 하나는 바람개비를 가슴에 꽂은 채 연을 날리는 것이다.

루나와 루나의 친구들은 모두 바람개비에 열광했다. 특수 학교 교실엔 국기 대신 바람개비들이 걸려 있었다. 그게 없으면 집중을 못 하는 아이도 있고 긴장할 땐 그걸 만지고 와야 안정이 되는 아이도 있었다. 노마와 유니도 하루에 몇 개씩 만들어 돌리며 놀았는데 뚱뚱한 노마가 그걸 들고 달리다 쓰러져 호흡 곤란이 온 적도 있다. 노마 엄마가 회사에서 뛰어와 울고불고하던 모습도 기억난다. 그 와중에도 노마는 흙 묻은 바람개비를 손에서 놓지 않았다. 정말 가슴 뭉클한 광경이었다.

루나는 공기의 저항을 생각하며 바람개비를 가슴에 꽂고 그저 가볍게 달리는 게 좋았다. 거기다 아빠가 만든 연을 같이 들면 정말로 공기 중에 떠 있는 느낌이었다. 달에 가서 바람개비를 들고 연을 날리면 그 속도가 어느 정도나 될지 너무 궁금해 아빠와 계산해 본 적도 있다. 계산은 복잡했다. 아빠가 다시 달에 간다면 꼭 가서 실험해 보겠다고 했었다. 아빠는 약속을 잘 지킨다. 하지만 지킬 수 없는 상황이라는 것도 루나는 안다.

요즘은 연을 날리지 않는다. 아빠가 만들어 준 연들은 루나 방 벽장 안에 넣어 두었고 책상 위에는 수수깡대로 만든 작은 바람개비 하나만 덩그러니 놓여 있다. 엄마는 연을 날릴 줄 모른다. 심지어 루나에게 갖다 버리라고 한 적도 있다. 엄마와 더 말하고 싶지 않아 루나는 방에 들어와 문을 잠갔다.

언젠가 열어 본 벽장에는 먼지 쌓인 연들이 병든 물고기처럼 쭉 그러져 있었다. 루나는 물티슈로 연을 닦아 주었다. 그러다 한 개가 찢어져서 관두었다. 그중에서도 나비 모양 연은 정말 더러워서 내다 버리고 싶었지만 포기했다. 아빠가 맨 마지막에 만들어 준 연이었기 때문이다. 아빠는 나비 모양이라고 했지만 루나가 보기엔 나비가 아니라 흡사 걸레 모양이었다. 그나마 병든 해파리 같다고 말해 주었는데도 아빠의 표정이 굉장히 안 좋았다. 그 나비 연은 걸레 같긴 해도 아주 잘 날았다. 그래서 그때도 그걸 갖고 갔던 거다.

아빠가 루나를 웃게 한 방법 중 또 하나는, 아주 기발하지만 손쉽고 더럽고 위험하면서 웃기는 장난이었다. 바로 '젤리빈 쇼'다. 루나가 아빠를 따라 한다고 콧구멍에 젤리빈 네 개를 쑤셔 넣어 병원까지 간 적이 있었다. 병원 의사는 루나를 보고 웃다가 핀셋으로 루나의 눈을 찌를 뻔했다. 생전 아빠에게 화낸 적 없던 엄마는 펄펄 뛰며 아빠를 혼냈다. 그때부터 아빠와 루나는 엄마 눈을 피해 그 얼빠진 장난을 즐겨야 했다.

아빠의 최고 기록은 한 콧구멍당 젤리빈 여섯 개씩이었다. 믿어지는가?

그뿐이 아니다. 콧구멍에만 시도한 것이 아니라 눈과 눈썹 사이에 끼우기, 귓구멍에 집어넣기, 이 세 가지를 하면서 동시에 사팔눈을 뜨기, 그리고 맨 마지막 필살기는, 그 모든 미션에 동원된 젤리빈들을, 특히 코에 들어갔다 나온 것까지 아빠가 다 먹어 치우는 것이었다!

아빠는 마치 삐에로처럼 한껏 과장되게 맛없다는 표정을 지으며 젤리빈들을 냠냠 먹어 치웠다. 루나는 그런 더럽고 역겨운 아빠 모습을 보며 숨도 안 쉬고 깔깔 웃어 댔다. 세상에 그런 역겨운 쇼를 보여 주는 아빠를 둔 아이는 자기밖에 없다는 생각에 루나는 가슴이 벅차오르곤 했다. 노마와 유니도 부러워 죽으려고 했다.

여섯 살 때까지 루나는 전혀 웃지 않았었다. 뇌 신경의 이상으로 감각 통합 능력이 유난히 떨어지기 때문이라고들 했다. 웃고 싶지 않은데 가식적으로 웃어야 할 때는 눈물이 찔끔 났다. 슬플 땐 나오지 않는 눈물이 그럴 땐 병아리 오줌만큼 나왔다.

아빠가 바람 인형처럼 된 그날도, 보고 있어도 눈물은 나오지 않았다. 울고 싶은데 눈물이 안 나와서 또 슬펐다. 그때 처음으로, 등이 무거워지는 걸 느꼈다.

이제 루나는 다른 생각을 하고 싶었다.

"아빠는요, 저한테 자주 똥강아지라고 불렀어요. 참 더럽죠?"

"아냐. 원래 부모들은 자기 아이를 똥강아지나 호박이나 양배추 같은 말로 부르기도 해. 정답잖니. 나도 우리 호빵, 하고 불렀단다."

그 말을 듣자 루나의 머릿속에 뭔가가 반짝 떠올랐다. 삼 년 전 아빠의 마지막 말이었다.

—똥강아지, 울지 말고 기다려야 돼, 꼭 기다려야 돼…….

목구멍이 다시 간질거리기 시작했다. 등이 뻣뻣해져서 주먹을 꼭 쥐고 손가락을 까딱거렸다. 나한테는 주사위가 있어, 주사위가 있어……. 다행히 딸꾹질은 나오지 않았다.

참는 건 힘들지만 할수록 늘긴 했다. 그 대신 슬픔의 총량은 더 늘어났다. 에너지란 원래 그런 것이라고, 아빠가 가르쳐 주었다. 아빠가 가르쳐 준 것은 하나도 잊어버리지 않았다. 에너지에 관한 것, 물리와 별과 우주와 인간과 생명과 소립자와 끈 이론에 관한 그 모든 것을 루나는 전부 다 기억했다.

베드로 아저씨는 그런 루나를 가만히 쳐다보다가 루나의 등을 아주 가볍게 톡톡 건드려 주었다.

"또 등이 딱딱해졌구나."

베드로 아저씨는 루나가 말하지 않아도 다 안다. 그래서 루나는 아저씨가 좋다. 다른 사람이 그렇게 자기 몸을 만졌다면 루나는 못 견뎠을 텐데 이상하게도 아저씨는 괜찮았다. 고무랑 플라스틱으로 된 아저씨의 가짜 손이 다른 사람들의 진짜 손보다 훨씬 나았다. 루나도 고무 손이 있었으면 좋겠다고 가끔 생각했다.

베드로는 자기 앞의 루나를 보며 이런 생각을 했다.

'애는 참 힘들게 사는구나. 이제 열 살짜린데……. 겨우 코흘리개 벗어난 어린앤데 저렇게 항상 참아야 되다니. 저런 응어리가 쌓여 있으니 얼마나 힘들까.'

솔직히 베드로는 아이가 가끔 지나치게 영리하게 굴 땐 당황하곤 했다. 자폐라는 게 저런 건가 싶었다. 아니다, 자폐가 아니라 무슨 증후군이라고 했는데……. 뭐였더라? 더 심각한 병이라는 소리도 언뜻 들었다. 하여간 저 아이는 생각이 너무 많고 너무 조숙해서 아이 같지 않았다. 보통 애들이라면, 아빠가 저 지경이 되면 뭔가 마음 한구석이 무너지는 게 당연하다.

그는 휠체어에 옮겨 탔다. 그리고 유쾌하게 말했다.

"우리, 아빠나 보러 갈까?"

병실로 올라가는 엘리베이터에는 오늘따라 사람이 많았다. 15층부터 18층까지는 방사능 측정기를 차고 헬멧에 방호복을 뒤집어쓴 사람들 몇이 웅성거리며 대기하고 있는 게 보였다. 선량 기사 한 명이 엘리베이터에 타자 어떤 아저씨가 슬그머니 물었다.

"무슨 사고라도 났수?"

"뭐 시위하다 다친 사람도 있고, 잘 모르겠어요."

사람들이 뭐라고 더 질문을 던졌지만 기사는 입을 꼭 다물었다. 그러다가 엘리베이터에서 내리면서 이 말만을 남겼다.

"요오드 같은 거 먹고 그럴 필욘 없어요. 서울은 안전해요."

사람들은 모두 입을 다물었다. 그게 무슨 뜻인지 어린 루나는 알 수 없었다. 우리 집에도 요오드는 엄청 쌓여 있는데, 하고 생각할 뿐이었다.

18층 병실에 올라오니 여기는 다른 날과 똑같았다. 시간이 정지된 곳, 보안 카드를 내밀자 담당 직원은 무표정하게 루나 일행을 들여보내 주었다.

아빠는 삼 년 가까이 애벌레처럼 누워만 있었다.

표정도 없고 웃지도 않고 울지도 않고 움직이지도 않는다. 그저 조금씩 살이 처지고 있었다. 턱살이 두툼해졌고, 담요 밑으로 튀어나온 발가락도 통통해지고 있었다.

외할머니가 소파에 누워 코를 골고 있었다. 루나가 깨울까요, 하는 눈빛으로 아저씨를 쳐다보았다. 아저씨는 웃으며 고개를 저었다. 소리가 날까 봐 휠체어도 조심스레 끌고 가서 아빠 얼굴을 바라보았다.

"그냥 얼굴만 봐도 루나 아버지는 참 공부를 많이 하신 분 같아. 그래서 루나도 이렇게 똑똑한 거 아니니."

루나는 아저씨에게 아빠의 직업을 여러 번 설명해 주었지만 아저씨는 늘 어려워했다. 결론은 대단한 박사님이시구나, 였다. 아저씨는 1급 자동차 정비사였다.

"그래도 이런 좋은 병실에 있어서 다행 아니겠니. 난 병원에 이런 데가 있는 줄도 몰랐는데. 보통 사람들은 엄두도 못 낼 거야."

"그거야, 얘 아빠가 보통 사람이 아니니깐 그렇지."

걸걸한 목소리의 주인공은 바로 외할머니였다. 입가에 흐른 침이 마르지 않아 번들거렸다. 기지개를 켠 외할머니의 머리는 마치

새집 같았다. 후카시야말로 바로 여자의 자존심이지, 하며 늘 스프레이를 왕창 뿌려 대는 정수리가 지금은 납작해져 있다. 외할머니는 눈꼽을 떼며 말했다.

"나도 정확히 루나 애비가 뭔 일을 했는지 모른다우. 지금도 모르겠어. 애, 의사 양반은 안 왔다 갔니?"

그러면서 할머니는 자, 우리 새끼 어디 한번 안아 보자, 하며 팔을 벌렸다. 루나는 숨을 크게 들이마시고 몸을 최대한 웅크리고 외할머니에게 잠깐 안겼다가 바로 튀어나왔다. 할머니가 입을 볼에 대기 직전에 빠져나왔다. 가까운 사람들은 다 안다. 루나에게 뽀뽀를 하면 얼마나 끔찍한 일이 일어나는지.

어렸을 때 어떤 팔푼이 같은 아저씨가 싫다는 루나에게 뽀뽀를 해서 기도가 막힐 정도로 발작을 일으킨 적이 있었다. 그 후 아무도 루나에게 뽀뽀하지 않았다. 품에 안지도 않았다. 남의 팔이 닿으면 벌레가 기어가는 기분이라는 루나의 하소연을 이제 다들 믿었다. 오직 단 한 사람, 외할머니만 고집을 부렸다.

"그래도 자꾸 연습을 해야지. 조금씩 해 봐! 사람 사는 데 처음부터 쉬운 게 어딨다구. 다 그렇게 사는 거야!"

외할머니는 루나와 비슷한 점이 있었다. 보통 사람들과 대화가 잘 안 통한다는 점이 그것이다.

할머니는 다른 나라 말을 쓰는 것처럼 보일 때가 있었다. 혹은 할머니가 마치 텔레비전처럼 느껴질 때가 있었다. 남의 말은 안 들고 자기 얘기만 하니까.

엄마는 이렇게 말했다.

"엄마랑 말하면 내 속이 터져!"

루나는 그렇게 일방적으로 대화하면 안 된다고 학교에서 배웠지만 할머니는 배운 적이 없는 것 같다. 그걸 배워야 정상적인 사회생활을 할 수 있다고 왜 아무도 할머니에게 말해 주지 않았을까. 할머니는 자기가 초등학교밖에 안 나와서 그렇다고 했지만 그런 건 남들도 초등학교에서 다 배우는데.

하여간 루나는 할머니와 타협을 했다. 스프링처럼 잠깐 안겼다 되돌아오기로. 그게 무슨 포옹이냐고 엄마가 웃었지만 외할머니는 그런대로 만족해했다. 이제는 손을 잡거나 등을 만지거나 머리를 다독이는 것 정도는 참을 수 있었다. 하지만 엄마는 아직도 만족하지 않았다.

"제발 꼭 좀 껴안아 봤으면 좋겠다. 우리 딸."

그럴 때마다 엄마는 몸을 돌리고 자기 얼굴을 보여 주지 않았다. 루나는 엄마가 나를 보기 싫어하는 건가, 가끔씩 헷갈렸다.

"루나야."

어느새 할머니 정수리가 아까보다 10센티미터는 위로 올라와 있었다. 할머니는 초등학교밖에 안 나왔지만 머리에 후카시를 넣고 눈썹을 그리는 건 다른 할머니들보다 월등히 잘했다.

"오늘은 학교에서 뭘 배웠니?"

"맥스웰의 등식하고 드레이크 방정식요."

"그게 사람 사는 데 꼭 필요한 거냐?"

"모르겠어요. 저는 꼭 필요할 것 같아요. 그리고 프랭크 드레이크는 굉장히 멋진 과학자예요. 아빠만큼이나요."

"어떻게?"

"태양계를 탐사한 파이어니어호에 외계인에게 보내는 메시지를 실었어요. 제 우상인 칼 세이건이랑 같이요. 여자랑 남자가 홀딱 벗은 그림도 들어 있대요. 노마는 그 그림을 보고 우웩 했어요. 유니는 좀 야하대요."

외할머니가 손사래를 쳤지만 루나는 기어이 공책을 꺼내 그 그림을 그려 주었다. 태양계와 지구의 위치, 수소의 원자 모형, 파이어니어호의 진행 방향, 그리고 인간들.

"그런데 보이저 2호에는 더 굉장한 레코드가 실렸어요. 정말 엄청난 것들이에요. 알려 드릴까요? 됐다고요? 그런데 할머니, 걔네들은 너무 불쌍해요."

"뭐가?"

"지금도 저 우주에서 계속 떠돌고 있거든요. 너무 늙어서 고장이 났는데도 67년이나 그러고 있어요. 그렇게 일만 시키고 우주에 버린 거죠. 진짜 안됐죠?"

외할머니는 평상시와 다른 눈빛으로 루나를 그윽이 쳐다보았다.

"그렇구나. 우리 루나는 정말 착해. 아이구, 내 새끼."

"제가 왜 착한데요?"

"누가 그딴 고철덩어리를 불쌍하게 여기겠니? 너 아니고서야 말이다. 다른 놈들이 뭐라고 하든 난 안 믿는단다. 너한테 다른 것 다 필요 없어. 무슨 머리 뚜껑에 전기 꽂고 하는 그런 거 말이다! 이대로도 잘만 살 거야! 날 닮아서 심성도 곱고 영리하고, 암!"

방금 전까지 촉촉하게 젖었던 할머니의 눈가는 어느새 말라 있었고 송충이같이 진한 눈썹 문신이 루나를 노려보고 있었다. 할머니는 이미 소주병을 꺼내 들었다. 어디서 나왔는지는 절대 말할 수 없다. 할머니가 비밀로 하라고 했기 때문이다.

"루나야, 저기 가서 시원한 오렌지 주스 하나 뽑아 와라. 섞어서 한잔 마셔야지. 늙으니깐 자꾸 목이 마르네. 거기도 한잔하려우?"

베드로 아저씨는 아뇨 됐습니다, 하더니 엄청나게 빠른 속도로 병실을 빠져나갔다. 아저씨는 좋은 사람이지만 가끔 저렇게 루나를 배신하고 비겁한 모습을 보일 때가 있었다.

루나가 복도로 나와 자판기로 다가가고 있을 때 반대쪽에서 누가 루나를 보고 손을 흔들었다.

이 18층의 대장인 수간호사 아줌마였다. 나쁜 아줌마는 아니지만 루나에게 잔소리가 심해서 요주의 인물이었다. 게다가 루나의 상담 선생님과 친한 사이라서 루나네 집 사정을 훤히 다 안다.

상담 선생님의 별명은 '빅 마우스'였다. 정말로 대단한 아줌마였다. 어떻게 그런 사람이 환자들의 고민이나 비밀을 상담하는 일을 직업으로 하는지 잘 이해가 안 갔다. 당신은 직업을 잘못 택했습니다, 하고 왜 아무도 말해 주지 않는 걸까? 그러나 생각해 보니 상담 선생님은 모두 루나와 같은 특수 아동들만을 상대했다. 그러니 루나가 그런 말을 하더라도 상담 선생님은 믿지 않을 것이다. 루나는 건성으로 수간호사에게 손을 흔들어 보였지만 몸은 벌써 도망가고 있었다.

"루나야, 너 자꾸 상담 빠지면 안 돼!"

루나의 걸음걸이는 전보다 나아지긴 했지만 그래도 어딘지 어색했다. 걸음걸이만으로도 루나는 늘 사람들의 주목을 끌어 왔다. 게다가 긴장하면 왼발과 왼손이 동시에 나와서 더 웃겨 보였다. 수간호사는 한숨을 한 번 쉬고 접수계로 돌아와 앉았다.

"쟤는 누구예요?"

새로 온 간호사였다.

"이 병동에서 제일 유명한 아가씨지."

"왜요?"

수간호사는 신참 후배를 천천히 훑어보았다. 사람들은 늘 가십에 열광한다. 수간호사는 간단히 얘기했다.

"아빠가 저기 12호실에 있어. 기억해 둬."

루나의 증상에 대해 굳이 얘기하진 않았다. 새 간호사는 가재 눈을 하고 있다가 넌지시 물었다. 어지간히 궁금했나 보다.

"그런데 그 애도 혹시, 후쿠시마 디지즈랑 관련 있어요? 다른 병원에서 비슷한 애들을 봤거든요. 사람들이 격리시켜야 된다는 둥 말도 많았고 무슨 특수 치료를 받게 한다고도 하던데……."

"몇 년 됐지?"

"네? 뭘요?"

"우리 병원에 온 지 얼마나 됐느냐고. 우리 병동에서 일하려면 말조심해야 한다는 거 잊었어? 다시 산부인과 병동이나 정신과로 가고 싶어?"

새 간호사는 입을 꼭 다물고 차트를 넘기기 시작했다.

병원이란 참 진절머리 나는 곳이야, 라고 수간호사는 생각했다.

중환자로 들어와 수술해도 길어 봐야 한 달이면 퇴원해야 되는 이 종합 병원에서 그 12호실 환자는 삼 년 가까이 독실에 있는 특이한 케이스였다. 정체를 알 수 없는 수많은 의사들과 외국에서 온 의료상사 직원들이 드나들곤 했다. 수군거리는 소리들도 들렸다. 이미 다른 병원에서는 획기적인 뇌 수술이나 인공 지능 치료에 대한 진척이 있었다는 얘기도 전해졌다. 좋은 결과도 있었다지만 흉흉한 소식도 들려왔다.

로봇 수술의 일인자들이 모인 이 병원에서 그 추세를 외면할 리가 없다. 의학도 첨단 경쟁 시대였다. 다가오는 22세기는 바이오 테크놀로지가 주도한다고들 했다. 수간호사는 구식이라 그런 말들이 다 낯간지럽게 느껴졌다. 경험상, 그런 설레발은 좋지 않았다.

특히 그 병실에 드나들던 남자들의 얼굴이 왠지 마음에 걸렸다.

하나같이 수상쩍고 거들먹거렸다. 구린내가 나는 인상도 있었다. 그냥 목에 힘이나 주는 부류와는 다른, 병원에선 보기 힘든 치들이었다. 간호사 생활 삼십 년, 나름 촉이 있다고 믿었다. 그 아이와 엄마가 안쓰러운 건 그래서인지도 모른다. 그런 어른들 사이에서 이상하게 그 둘은 더 기가 죽고 눈에 띄었다.

아아, 내가 너무 오래 살았나 봐, 라고 생각하며 수간호사는 무심히 창밖을 보았다. 초저녁 달이 뜨고 있었다.

달이라니. 세상에 저 먼 데를 갔다 온 사람이 지금은 저 지경이라니. 돈만 있으면 불로장생할 수 있는 이 시대에 세상이 정말 나아지고 있는 걸까 의문이 들었다.

수간호사도 소녀 시절 별자리 보는 걸 좋아했다. 별똥별이나 새벽녘 샛별을 보며 설레던 시절도 있었다. 그 별들이 지금 어느 어느 나라들의 기지로 바뀌었는지, 그건 궁금하지도 않았다. 요즘 애들은 달에서 옥토끼가 절구질을 한다는 얘기는 들어 본 적도 없겠지.

그녀는 커튼을 내리며 다시 나지막이 혼자 중얼거렸다.

"달이라니…… 저길 걸으면 도대체 어떤 기분일까?"

3. 의문의 편지

옛날에는 말이다, 달 착륙이 조작됐다고 믿는 사람이 있었단다. 미국의 나사(NASA)가 모든 시나리오를 짜고 사진을 조작하고 방송도 죄다 속이고 우주 비행사들도 매수했다는 얘기였지. 지금이야 추억 속의 코미디가 된 에피소드지. 달에 간 미국인만 아마 50명이 넘고 러시아 중국 유럽 국가들까지 합치면 100명은 넘겠지? 화성에 간 사람들은 아직도 한 자릿수지만 말이야.

달 탐사선을 탄 비행사들이 다 무사히 갔다 온 것만은 아니란다. 실패가 왜 없었겠니.

한참 전, 소련의 우주 비행사들이 숱하게 희생되었다는구나. 유럽의 아마추어 무선사들이 들었다는 말들이 꽤 있어. 저 먼 곳에서

"왜 아무도 응답을 안 하지?"라는 러시아어가 들려왔다는 증언, 호흡 곤란으로 헉헉거리는 신음 소리, 영어와 러시아어로 된 구조 신호가 전파에 잡혔다는 얘기 등등 많단다.

미국에서도 예전 아폴로 1호가 산소 농도가 올라 불이 나서 비행사 전원이 죽었단다. 인간이 숨을 쉬려면 적절한 기체 배합이 필요한데, 그게 어긋나면 큰일이 나는 거지. 이산화탄소를 계속 제거하지 않으면 피가 산성으로 되면서 죽기도 하고, 지구 바깥에 있는 유독한 화합물 400여 가지 중에 하나라도 유입되면 우리도 그 선배들처럼 되는 거지.

음, 소련의 소유즈 11호의 사고도 기억나는구나.

그들은 우주에서 25일 동안 체류하고 무사 귀환을 앞둔 영웅들이었어. 그런데 우주선 출입구에 구멍이 나 공기가 새는 바람에 질식사했단다. 시체를 실은 우주선만 쓸쓸하게 돌아왔지. 그런데 그 구멍이 얼마만 했는 줄 아니? 겨우 2밀리미터 정도였다는구나. 2센티미터도 아닌 2밀리미터. 그 바늘구멍 하나 때문에 다 죽은 거야.

이런 희생으로 쌓아 올린 성과가 지금의 우주 탐험을 가능하게 한 거란다. 어느 날 갑자기 이루어진 기적이 아니야. 그런데도 이런 게 모두 음모고 조작됐다는 얘기가 돌았으니, 당시 비행사들은 얼마나 허무했을까 싶다.

최초로 달에 간 버즈 올드린 얘기를 한 적 있지? 그는 달 착륙은 거짓이라며 끈질기게 회개하라고 부르짖던 목사 한 명을 흠씬 두

들겨 팬 사건으로 유명하지. 잘한 일이야. 나는 그래서 버즈가 맘에 든다. 폭력은 안 좋지만.

지금 말이다. 사실 아빠는 긁지를 못해 아주 미치겠다. 우주복을 입으면 제일 답답한 게 그거다. 벗을 순 없지. 소유즈 11호의 사고 원인도 우주 어디선가 날아온 광물질이거나 우주 쓰레기였을 거야. 살짝 스쳐도 우주에선 그런 구멍이 날 수 있단다. 아니면 무서운 속도로 날아온 물질에 얻어맞을 수도 있고. 우주 복사와 방사능까지 생각하지 않아도 말이야. 지구에서 우리가 당연하게 여기는 것들이 여기에서는 너무 절실하단다. 방사능 문제만 해도 그렇지.

지구를 난장판으로 만든 온난화며 공해 등등 다 문제지만 인간이 핵분열로 탄생시킨 방사능은…… 그런 생각을 하면 정말 아무 할 말이 없어진다.

과학자의 한 사람으로서, 우린 후손들에게 사죄해야 해. 현재를 위해 미래를 갖다 바친 어리석음을 뉘우쳐야 해. 이 우주의 어떤 지적 생명체가 우리의 어리석음을 알게 된다면 우리와 과연 협력하고 싶어 할까, 슬기로운 파트너라는 생각이 들까, 걱정도 되는구나.

아빠가 존경하는 천체 물리학자 중에 프랭크 드레이크라는 사람이 있단다. 그는 많은 일을 했어. 아빠도 관계한 천문학 연구 분야 역시 그의 업적이 지대하지만, 무엇보다 그의 이름을 딴 방정식이 유명해. 바로 우리가 외계의 지적 문명과 만날 가능성을 계산한 거야. 드레이크 방정식은 이런 거란다.

$$N = R^* \times f_p \times n_e \times f_l \times f_i \times f_c \times L$$

여기서 N은 우리 은하에서 탐지가 가능한 고도 문명의 수야. R^*은 우리 은하에서 일 년 동안 탄생하는 항성의 수, f_p는 그 항성에 행성이 있을 확률, n_e는 그 행성들 중 생명체에 적합한 환경을 갖춘 행성의 수, f_l은 그 행성에서 실제로 생명이 발생할 확률, f_i는 그 생명이 지적 문명체로까지 진화할 확률, f_c는 그 지적 생명체가 다른 천체와 교신할 수 있는 기술을 갖고 있을 확률을 가리킨단다. L은 그러한 문명이 탐사 가능한 상태로 존재하는 시간이고.

현재로서 이 답은 없단다. 유동 변수 투성이니까. 그저 막연히 수백만 개로 볼 뿐이지.

우리 은하에만 태양과 같은 별이 2,000억 개나 있는데 우리와 제일 가까운 그 유명한 안드로메다 은하는 우리 은하보다 세 배나 크단다. 즉 둘만 합쳐도 항성 수가 8,000억 개, 관측 가능한 우주에서 이런 우주의 수가 1,700억 개란다. 이해가 되니? 결국 결론을 낸다면 이거지.

"우주에는 잠재적인 외계 문명이 분명 존재한다. 확인은 안 됐지만."

조금 전까지는 지층 샘플 작업을 했단다. 드릴로 약 5미터 구멍을 뚫어서 그냥 파 오면 되는 거야. 엄마와 너에게 줄 월석들도 골라 났지. 그냥 수수한 검은색 현무암이라 많이 독특하진 않아.

일정표에 적힌 작업들은 이제 거의 끝나 간다. 저 멀리서 골프채를 들고 나이스 샷을 외치는 사람 보이니? 골프 회사의 광고 협찬을 받아 대원이 됐다고 스스로 떠벌리는 사람이야. 물론 그는 항공 우주 공학 박사에다 다양한 전력이 있어. 그는 이렇게 말하더라.

"이 장면 하나가 얼만 줄 알아? 자그마치 내 연봉의 오 년치라네."

달에서 샷했던 바로 그 제품, 그가 지구에 도착하자마자 이 광고는 전 세계를 돌겠지. 그 유명세로 그는 항공기 부품 업체 겸 의료기 업체를 설립하고 바이오 테크놀로지 계통의 로비스트가 되는 동시에 국제 에너지 협회 회원으로 국제 정치계에 입문할 거라는 소문이 돈단다. 달변가에다 영어 불어 중국어 일본어 한국어 인도어 등 6개 국어를 하고 비상한 머리를 가진 재주꾼, 내가 아는 사람들 중 가장 잔머리가 뛰어난 인물. 한국말로도 어찌나 너스레를 잘 떠는지!

그는 나와 눈이 마주치면 꼭 이런단다.

"필립, 릴랙스, 릴랙스!"

내가 너무 경직돼 있다나? 즐기라는 거야.

그는 또 내게 이러더라.

"필립, 핵융합은 물 건너갔어. 중국 한국 일본은 모두 한 배를 탔지. 어쩔 수 없는 일이야. 자네도 빨리 갈아타게. 돈이 문제야. 그걸 어떤 나라가 감당하겠나?"

중국인이면서 미국 국적을 가진 그는 노골적으로 이렇게 말하는 거야.

"미국이 지금처럼 쫄딱 망하지만 않았으면 미국이 했겠지. 하지만 20세기에 달에 갔던 나라가 지금 꼴이 이게 뭔가. 사실 그건 20세기에 갑자기 끼어든 21세기 같은 사건이었다고. 너무 빨랐어! 그런데 지금 중국은? 헛소리지. 중국은 말이야, 내 조국이지만 아주 편협한 나라야. 분명히 위기가 닥칠 거야. 기술은 될지언정 사소한 하청 몇 개가 잘못돼서 깡그리 다 무너질걸. 기초 과학이란 건 그렇게 하루아침에 발전할 성질이 아니잖아. 한국도 그렇지? 그 잘사는 나라가 우주 탐사 분야에선 인도나 브라질보다도 밀린다는 게 말이 되나? 일인당 국민 소득이 그렇게 높은데 말이야! 뭐 이해가 안 가는 건 아닐세. 바로바로 팔 수 있는 휴대폰이나 텔레비전이나 자동차도 아니니 한국이 뛰어들 리가 없겠지. 아, 이건 칭찬일세. 우리 집 가전제품도 모두 메이드 인 코리아야. 일제는 하나도 없어. 도요타 코롤라가 하나 있지만 그건 그냥 컬렉션으로 모셔 두는 거라네. 클래식은 영원하니깐, 그렇지?"

그는 혼자 신 나게 떠들다가 사라졌어. 어떤 교육 학습 업체와 계약을 맺어서 갈릴레오 실험을 찍어야 된다는구나.

솜뭉치랑 돌멩이를 동시에 떨어뜨리는 거 말이다. 지구보다 중력이 적어서 낙하 속도는 느리고 둘의 낙하는 똑같아진다는 실험이지. 심지어 생중계된다는구나. 나는 빼 달라고 했다. 집 한 채 값을 준다면야 하겠지만 그 정도는 아니거든. 나 대신 그 곁에서 서브를 맡을 일본인 둘은 일생 동안 망원경을 무상으로 받기로 했다는구나.

그럼 도대체 자네는 얼마를 받나, 우리가 물었지만 그는 교묘하게 얼버무렸지.

아 참, 그의 이름은 제이슨이야. 제이슨 우. 맞다, 첫 영상 메시지를 보낼 때도 잠깐 봤지? 진짜 이름은 이소룡이었다는데 믿거나 말거나란다. 내가 아는 사람들 중에 제일 돈을 밝히고 실리적인 사람인데, 나는 그 설레발과 엉큼함이 그렇게 불쾌하지가 않아. 차라리 노골적이라서 건강하게 느껴진달까. 아마 같은 한국 사람이 아니라 세세한 단점은 잘 못 느끼는 건지도 모르지.

어제도 한참 모듈에서 실험 때문에 골머리를 썩고 있는데 와서 뜬금없이 그러더라고.

"필립, 우린 그저 쇼의 일부일 뿐이야. 자네나 나나 재팬 머니로 여기 왔는데 뭘 그리 열심히 하나? 자네들이 기대 거는 헬륨 3는 지구의 운명을 구하지 못해. 오케이?"

나는 웬만하면 그와 부딪치고 싶지 않았지만 한마디 했지.

"그래, 우리 운명은 거스르지 못해. 그래도 핵융합은 우리의 미래야. 난 미래가 과거를 닮지 않았으면 해."

그는 잠시 웃더니 어깨를 으쓱하고 내 팔을 툭 치고는 사라졌어.

그럴 땐 양키들의 전형적인 제스처를 쓰더라. 민망함을 덮는 몸짓 말이야.

그래, 나는 운명을 믿는지도 몰라. 우리 인생의 합목적성이 나는 반드시 있다고 생각하거든. 제이슨은 내게 화두를 하나 던져 준 거 같아.

아빠는 이제 제이슨의 촬영 현장이나 보러 가야겠다. 달에서 친 골프공은 찾기 힘들다는데, 그 친구가 공을 찾아다니며 쩔쩔매는 걸 보고 싶구나.

*

필립이 이 자리에 있었다면 과연 그는 어떤 표정일까, 민준은 생각했다.

몇 년 전 교통사고에 휘말렸을 때 만난 보험 회사 직원과 손해 사정인들을 떠올렸다.

아무도 크게 다친 사람은 없었고 자신의 목 디스크가 제일 심한 상해였다. 그럼에도 한 푼이라도 더 깎으려는 상대방 측이나 역시 똑같이 유치하게 대응하는 이쪽 사정인이나, 그들의 작태에 질리고 말았다. 더 받게 해 주겠으니 발가락까지 깁스를 하고 있으라는 전략이 별로 반갑지 않았다. 전화 수십 통과 피 말리는 신경전은 그런 깨달음을 주었다. 그건 일종의 도그파이트(dogfight)였다.

지금 필립의 집 거실에서 벌어지고 있는 이 광경은 그보다 나을 게 없었다. 필립의 아내 희영은 링 위에 올라 혼자 여럿에게 집중 포화를 맞고 있는 것과 같았다. 도움이 될까 싶어 부른 필립의 동료라는 이는 한마디로, 무능했다. 환경 단체에서 오래 일한 경력으로 제도권에 진입한 저명한 활동가라 들었는데 선수들과 붙으니 입도 뻥긋 못 했다. 선의는 있으나 전문적 능력은 부족한 하수. 필립이 결국은 저런 이들과 일을 했다는 건가. 한숨이 나왔다.

하긴, 어디에 있건 필립은 여러모로 독특한 인물이긴 하다.

소설을 읽는 과학자.

민준은 그가 얘기하거나 권한 책 중에 읽어 본 게 거의 없다. 커트 보네커트나 코맥 매카시, 스티그 라르손, 아이작 아시모프, 윌리엄 깁슨 등. 어쩌다 아는 작가라곤 허먼 멜빌 정도였다.

"그래도 저희하고 잠깐이라도 일을 같이 하셨으니 이런 기회가 온 거지요. 부인께서도 많이 고생하셨으니 이제 어느 정도 결론을 내려야 될 때가 온 것 같습니다. 외람되지만, 지금까지 병원비만 해도 저희한테 쉬운 게 아니었습니다. 왜 환경부에서 국토 해양부로 넘어갔는지, 그런 문제도 있다는 걸 알아 주셨으면 합니다."

민준이 앞에 놓인 탄산수를 집어 들었다. 말하고 있던 담당 공무원이라는 이도 탄산수를 들이켰다.

그도 지친 기색이 역력했다. 나도 이 짓을 하고 싶어 하는 게 아니오, 라고 표정이 말해 주었다. 그러면서도 이런 일에 이골에 난 듯한 전형적인 분위기도 풍기고 있었다. 어떤 일을 맡겨도 당황하지 않고 실적을 올릴 듯한 인물. 결과는 어찌 됐건 위아래 사람들 귀찮게 안 하고 잡음 없이 해낼 인물.

"저는 정말 어찌해야 될지 모르겠어요. 여쭤 보면 병원의 선생님들도 확답을 안 해 주시던데…… 어떻게 하라는 건지요? 사비로 병원비를 대든 병원을 옮기든 저는 그저 안전한 수술 방법이 나올 때까지 기다리고 싶어요."

희영은 더 이상 할 말이 없는 듯했다.

처음 사고 소식을 듣고 병원에 뛰어갔을 때가 생각났다. 머리 부상이란 말만 들었지 그 정도일 줄은 생각도 못 했다. 두개골 골절과 뇌출혈 수술 후, 뇌압이 상승하고 뇌에 물이 차 필립의 얼굴은 눈 뜨고 보기 힘들 정도였다. 필립의 부풀어 오른 얼굴을 딱 오 분 보고 나와 민준은 헛구역질을 했다.

그때 희영은 쓰러지기 일보 직전의 표정이었다. 사람이 너무 충격을 받으면 저럴 수도 있구나 싶었다. 이런 일을 겪기엔 그녀는 너무 젊었고 경험도 없었다. 정신줄을 놓지 않으려 애쓰는 게 기특해 보일 정도였다. 티를 안 내려고 하지만 바들바들 떨고 있던 그녀의 손, 실핏줄이 튀어나온 그 연약한 손가락에 끼고 있던 작은 알반지가, 지금은 보이지 않았다.

바로 그때다.

민준의 시야에, 거실을 빼꼼히 내다보고는 햄스터처럼 기어가는 여자아이가 포착되었다. 정확히 십 분 간격으로 아이가 나타났다. 그런 아이를 바라보고 있으니, 처음 본 것도 아니지만 새삼 친숙한 느낌이 들었다.

아이를 보니 필립은 좋은 아빠였을 것이라는 생각이 다시금 들었다. 아이가 유아였을 때 국가에서 권하는 일종의 '수술'이 있었지만 필립은 거부했다고 들었다. 수술 없이도 충분히 아이는 정상적이고 행복한 삶을 누릴 권리가 있다고 필립은 믿었던 것 같다. 한국은 언제부터인가 전체주의 국가의 면모가 두드러지고 있었다. 눈에 보이는 일반 복지 혜택을 늘리는 만큼 국가의 부당하고 존엄성을 해치는 간섭도 더해졌다.

그러고 보면 한국이나 일본이나 두 정부는 참 비슷하게 돌아가는 셈이었다. 뭐가 이상한데…… 왜 저런 놈이 우두머리가 됐지? 아 참, 우리가 뽑은 작자지…… 왜 우리가 세금 내고 이런 취급을 받아야 되는 거지? 아 우리가 통과시켰지…… 이런 식의 쳇바퀴가 어쩜 그리 닮았는지. 싸우고 헐뜯으면서도 닮아 가는 두 이웃이랄까.

또 십 분이 지났는지 아이가 쪼르르 달려와 고개를 내밀 때 민준과 눈이 탁 마주쳤다. 민준은 빙긋 웃어 보였다. 하지만 아이는 여전히 벌레를 씹은 듯한 묘한 표정을 지으며 뒤돌아갔다.

"……뭐 그렇습니다. 어떻게든 이 박사님이 잘됐으면 하는 마음에서 이렇게들 모인 거 아닙니까. 특히 여기 계신 미스터 우는 미국에서 일부러 오신 거랍니다. 김 교수님도 어렵게 모셨고요."

미스터 우, 제이슨은 간단히 인사했다. 느물느물한 저 미소. 필립과 서너 번 술자리에 합석한 적이 있다. 가식으로 두 겹 코팅한 듯한 저 표정, 그런데도 이상하게 필립은 그를 높이 샀다. 그도 알고 보면 순수한 사람이라나?

"전 정말 필립만 한 전방위 과학자를 본 적이 없습니다. 그를 잃는 건 한국의 손실이지요. 전 꼭 다시 그와 함께 탐사선을 타 보고 싶습니다. 미시즈 리, 힘드시더라도 결정하시죠! 아이를 생각하셔야죠."

민준은 전보다 더 능숙해진 그의 한국어보다 그 노골적인 말에 깜짝 놀랐다. 저건 협박 아닌가. 그리고 뭐? 다시 비행을 하고 싶다고? 몸값 비싼 로비스트인 그가 한가하게 달에 가서 어, 경치 좋다, 그럴 새가 어디 있다고? 저런 말도 안 되는 립서비스가 사람들을 움직이다니. 희영은 다시 갈팡질팡하고 있었다. 아이를 팔다니. 제이슨은 능란하게 말을 이었다.

"수술의 안정성이 걱정이다, 일리 있는 말씀입니다. 그런데 아십니까? 이 수술의 혜택을 받는 사람은 아주 소수라는 거 말입니다. 그런 고급 의료진이 정말 부족합니다. 그리고 실례지만 수술 비용 말입니다, 사비로 하라면 감당하실 수 있겠습니까? 뭐 시간은 충분했다고 봅니다. 그 사고 전 필립은 공직자 비밀 보호법 때문에 상당히 좋지 않은 상황이었다는 거, 다 알고 계시죠? 상식적으로 생각한다면 군이 한국 정부가 이렇게까지 필립을 위해 애쓸 이유가 있겠습니까? 그런데 상황이 변했습니다. 그 변화가 필립을 살릴 겁니다. 필립이 혼자 애썼던 일들, 사실 저도 한때 필립의 걱정을 기우로 생각했던 사람 중 한 명입니다. 저는 한국 정부의 위기 대처 능력을 너무 과대평가했었습니다. 그거, 반성합니다. 한국 정부도 압니다. 그러니 이 기회는 가면 다시 안 올 수도 있습니다. 정치란 게 그렇거든요. 지금도 저는 필립과 다른 관점에서 에너지 문제를 보는 사람입니다만, 필립이 꼭 필요한 사람이라는 건 분명한 사실입니다."

그의 말에 진정성이 없는 건 아니었다. 그래도 여기가 무슨 유엔 연설회장도 아닌데 저 현란한 수식은 또 뭔가. 필립의 아내 희영은, 의료 전문가도 관료도 아닌 그저 민간인이며 환자의 보호자일 뿐이다. 수술의 성공률이 단 10퍼센트도 안 된다는 건, 어쩌면 이 자리에 있는 사람들이 다 아는 사실일 것이다. 도쿄 대학 병원에 있는 친구 말에 따르면, 일본조차 임상 사례가 공개되어 있지 않다고 했다. 그런 수술을 어떤 보호자가 감행하겠는가?

민준은 시계를 들여다보았다. 십 분이 또 지났는데 아이가 얼굴을 내밀지 않는다. 아이가 소파 뒤를 통과해 몰래 나갔다는 걸, 일행이 둘이나 더 있었다는 걸 그는 알지 못했다. 얼마나 더 이 자리에 있어야 하나, 자신의 무력함만이 느껴질 뿐이었다.

제이슨의 능변이 쉼 없이 흘러나오고 있었다.

루나와 노마, 유니는 언제나처럼 똑같은 간격을 유지하며 걸어 나왔다. 유니는 오늘 새로 샀다는 하이틴 잡지를 들고 있었다.

"이거 봐, 루나. 남자는 좋아하는 여자를 보면 동공이 커진대. 그 기름기 의사도 엄마를 보면 그러니?"

"침은 질질 흘리는 것 같은데 눈은 모르겠어. 그런데 동공이 커지는 이유가 그것밖에 없어?"

"미리 물어보면 되겠다. '아저씨, 혹시 마약하시나요?' 하고."

"그래서?"

"'아니. 왜?' 하고 대꾸하면 단도직입적으로 묻는 거야. '마약도 안 했는데 왜 우리 엄마만 보면 동공이 커지죠?'라고. 그래서 왜 그런 걸 묻느냐고 하면 솔직히 물어. 우리 엄마랑 결혼할 거냐고."

"생각만 해도 기분이 안 좋아. 주기율표를 외우다 원소 번호 30번도 안 돼서 딱 막힌 느낌이야. 그럴 땐 뭐라고 해야 되지?"

"네가 그때 정했잖아, 에이 십장생이라고."

"어감이 마음에 안 들어. 차라리 에이 식빵이 어떨까."

"그 차이는 나도 모르겠다. 넌 아니?"

"나도 몰라."

루나는 두 친구가 이럴 때 큰 도움이 되지 않는다고 실망하진 않았다. 그냥 속이 약간 터질 뿐이었다.

"루나, 너 그 편지에 대해서 물어볼 사람이 있다고 했잖아?"

"오늘 온 아저씨들 중에 혹시 있을까 싶어 관찰해 봤는데 다 아닌 것 같아."

"왜?"

"날 보고도 아무도 긴장하지 않았어. 비밀이 있으면 숨기고 싶어 하잖아? 그런데 모두 날 보고는 모자란 아이 보듯이 히죽 웃기만 했어. 어른들은 관습적인 표정에 익숙하지만 아무리 그래도 다 그런 연기를 할 순 없거든. 다 주민센터 아저씨들 같았어!"

"대단한걸, 그런 걸 파악하다니! 그럼 이제 어떻게 할 거야?"

"……"

"천문대 수위 아저씨에게 갈 거야?"

"그래도 될지 모르겠어. 엄마는 그 아저씨한테 가끔 전화해서 염탐하기도 해. 그래서 아저씨랑 사이가 서먹해지면 우린 갈 곳이 없어져."

"흠……"

"그건……"

세 아이는 작전 회의를 위해 일단 안전한 장소를 찾기로 했다. 집 근처의 패스트푸드점이 눈에 보였다.

먼저 유니가 오늘의 종업원들이 어떤지 상태를 살펴보고 왔다.

"항상 친절하고 '너희들 왔구나.' 하고 말해 주는 1번 언니는 없어. '저것들은 뭐야?'라는 표정으로 우리 자리에 와서 일부러 걸레질을 막 하는 2번 여드름도 없고. 그냥 아무 표정도 없이 우릴 슬

슬 피하는 3번 오빠하고, 아주 어색하게 웃어 보이는 4번 언니가 있어. 어떻게 할까?"

"2번 여드름은 저번 주에 잘렸대. 매니저한테 '아우 드러워, 엿이나 드쇼!' 하고 가운뎃손가락을 치켜들고 나갔대."

"그랬구나. 그럼 들어가자. 3번과 4번이면 참을 만해."

셋은 날이 더워서 일단 들어가기로 했다.

루나는 출입구 옆 쓰레기통 오른쪽 자리를 가리켰다. 자리를 선택한다는 건 굉장히 어려운 일이었다. 몇 달 전만 해도 셋이 가게에 들어와 한참을 서성이다가 그냥 나간 적이 있었다. 자리들이 하나같이 비뚤어졌거나 좁거나 넓거나 했기 때문이다. 그래서 아이들은 오랜 시간 의논 끝에, 사람들이 거의 앉지 않는 쓰레기통 자리를 영구 지정석으로 결정했다. 이제 셋은 고민하지 않고 앉을 수 있어 행복했다.

루나는 3번을 피해 4번 줄에 가 섰다. 4번은 웃지도 않고 말을 건넸다.

"뭐 주문할래."

루나는 방금 전 자리에서 적은 메뉴 쪽지를 내밀었다. 당황하면 말이 막히고 딸꾹질이 나올지 모르니, 미리 꼭 적어야 한다.

계산은 휴대폰으로 했다. 이곳뿐만 아니라 가게 종업원들은 루나 같은 아이들에게 종종 거스름돈을 덜 내주었다.

"우릴 산수도 못하는 저능아로 아나 봐."

노마가 분통을 터뜨리기도 했다.

외할머니는 이 얘기를 듣고, 원래 요즘 애들이 돈 계산을 못해서 그런 거지 너희에게만 그런 건 아니다, 라고 했지만 아이들은 그 말을 믿지 않았다. 그게 일부러 덜 주는 건지 아닌지는 아무리 둔 감해도 다 안다.

루나가 쟁반을 들고 오자 유니가 받아 주었다. 노마는 그 옆에서 아직도 널브러져 있었다. 노마가 벨트에 찬 바이오 칩을 보니 맥박과 혈압이 약간 올라 있었다. 날씨 탓도 있고 약간 흥분한 탓도 있을 것이다.

셋 다 휴대폰이나 벨트에 달린 바이오 칩이 그때그때 건강 상태를 체크해 알려 주었다. 그 장소의 방사능 농도의 경우, 세슘 스트론튬 플루토늄의 핵종별로 수치도 떴다. 총 수치가 시간당 1.00밀리시버트가 넘으면 노란 불이 켜지고 1.50이 넘으면 빨간 불이 깜박이도록 되어 있다. 사람들이 가장 두려워하는 스트론튬의 수치는 제일 먼저 표시가 되었다. 총 누적량도 떴다. 병원에서 이게 있으면 아픈 데를 찾을 수 있다고도 했지만 사실 정확한 쓰임새는 몰랐다. 이걸 갖게 된 지는 얼마 안 된다. 어른들은 이게 왜 필요한지 정확한 이유는 말하지 않고 "꼭 필요한 것"이라고만 했다.

천문대 수위 아저씨는 이걸 보고 매우 부러워했다.

"너희들은 다행이구나. 우리 손주들은 그런 게 아직 없단다." 하더니 약간 우울한 표정을 지었다. 그리고 남들에겐 함부로 보이지 말라고 주의를 주었다. 천문대가 있는 시민 공원의 남쪽 슬럼가에서 그걸 노릴지도 모른다고 했었다. 얼마나 비싼 건데요, 라고 노마가 묻자 아저씨는 자기 두 달치 월급보다도 비싸다고 했다.

세 친구는 조용히 다이어트 콜라와 두부 버거를 먹었다. 다른 아이들처럼 달고 짜고 기름진 음식을 먹고 싶긴 했지만, 어릴 때부터 그러면 안 된다는 어른들 말을 들어 왔기 때문에 다른 선택은 위험했다. 새우 버거는 두부 버거보다 다섯 배나 비쌌다. 그나마도 요 며칠 새 품절이었다. 안전한 양식 새우 같은 해산물은 아무 때나 먹을 수 있는 게 아니었다.

세 친구는 먹을 땐 아무 말도 하지 않고 조용히 먹었다. 왜 다른 사람들은 뭘 먹을 때 시끄럽게 떠드는지 이해가 되지 않았다. 제일 먼저 자기 몫을 다 먹은 루나는 조용히 주머니에서 편지를 꺼냈다.

한 달 전, 등기로 루나에게 온 것이다.

그런데 보낸 사람 이름이 없었다. 내용은 더 이상했다.

루나는 많이 고민했다. 엄마에게 말할 것인가, 친구들에게 말할 것인가. 엄마는 신뢰가 안 가고 귀가 백짓장처럼 얇은 사람이지만 그래도 어른이었다. 기껏 엄마에게 그 얘기를 막 꺼내려는데, 왜 자꾸 상담을 빼먹느냐며 꾸지람을 듣는 바람에 관두었다.

친구들은 편지를 읽어 보고 똑같이 말했다.

"진짜 멋있다. 근데 이게 무슨 암호야?"

루나는 그것도 알 수 없었다. 그냥 단 한 줄의 문장이다. 도대체 누가 왜 이런 걸 자기에게 보냈을까, 궁금해서 견딜 수가 없었다.

"탐정 소설에선 이런 식으로 접선을 하긴 해. 하지만 내가 아는 사람 중엔 탐정도 없고 조수 비슷한 사람도 없어. 이건 음모일지도 몰라."

"음모라니?"

"혹시 너를 흠모하는 남자가 있니?"

노마와 루나가 유니의 얼굴을 빤히 쳐다보았다.

"유니, 내 꼴을 봐. 지나가는 수고양이도 날 쳐다보지 않아."

"미안."

"루나, 음모라면 혹시 그런 거 아냐?"

루나는 노마가 무슨 말을 할지 알 것 같았다.

"달 착륙 조작설 같은 거!"

"아아!"

"그건 할 일 없고 머리 나쁜 사람들이 꾸미는 거 아냐?"

"그렇지만도 않아. 정말 뭘 믿기 시작하면 사람들은 헤어나지 못하고 바보가 되기도 한대. 달에 간 건 거짓말이라고 바락바락 대들다가 버즈한테 한 대 맞은 사람도 똑똑한 목사라고 했어!"

"루나, 너는 그런 걸 어떻게 알았어?"

"그냥 알아."

"왠지 무서워."

"나도."

"이건 그런 건 아닐 것 같아. 난 달에 갔다 온 적도 없고 금이나 다이아몬드나 주식도 없으니까, 함정에 빠뜨릴 이유가 없어."

"루나!"

"왜?"

유니가 코를 킁킁거리며 목소리를 낮췄다.

"책에서 보면, 부자인데 외롭던 친척 할머니가 유산을 남겨 주는 얘기가 정말 많잖아. 실제로도 그런 일이 있대!"

"일단 우리 집에는 그렇게 돈이 막 넘치고 외롭게 죽어 가는 친척은 단 한 명도 없어. 엄마 말에 따르면 돈 없고 구질구질하고 근근이 살아가는 친척들만 많대."

"루나, 너는 우리보다 상상력이 풍부하잖아. 머리를 더 굴려 봐."

"너무 굴려서 머리에서 드륵드륵 소리가 날 정도야. 그런데도 정말 모르겠어. 글자랑 편지지도 분석해 보고 어떤 패턴이 있을까 시뮬레이션을 다 돌려 봤는데, 2차 대전 이후 암호 체계로는 안 나와. 이 암호는 현대 수학으론 해독이 불가능해."

"우린 너무 무능해!"

노마가 돌연 이런 소릴 해서 루나와 유니는 노마를 돌아보았다.

"우린 이런 걸 할 수 없어. 이런 건 말이야, 부모 몰래 돈을 훔치고 본드를 마시고 안전 경계 구역을 멋대로 벗어나 본 애들이나 가능하다고! 우리 사촌 형은 이제 열다섯 살인데 편의점을 털어 봤대! 나보고 아무것도 못하는 여섯 살 유치원생 같대!"

노마 말이 맞았다. 우리끼리는 안 돼. 루나는 인정했다.

"루나, 나는 너보다 두 살이나 많은데 너보다 잘 아는 게 없어."

유니가 유난히 시무룩하게 말을 이었다.

"내 주변의 열두 살들은 자기들끼리 생일 파티도 하고 콘서트에
도 가고 남자 친구도 몰래 만나. 엄마나 언니 옷을 훔쳐 입고 어른
행세를 해. 그리고 제일 중요한 건, 바로 거짓말을 하는 능력이야!
편의점을 털었다는 그런 개뻥 말고 진짜 그럴듯해서 속아 넘어가
는 거짓말!"

아, 거짓말이구나. 아무튼 루나는 뭔가 유니에게 위로가 될 말을
하고 싶었지만 마땅히 떠오르는 게 없었다. 그래도 뭔가 있을 텐
데…… 문득 하나가 떠올랐다.

"하지만 유니는 가끔씩 진짜 어른스러운 말을 하는데?"

"내가 언제?"

"저번에 그랬잖아. 어떤 할아버지가 유니한테 이봐 색시, 하고
길을 물었을 때 유니가 이랬잖아. 이렇게 눈 내리깔면서 '살다 살
다 별 굴욕을 다 겪는군!' 하고. 꽤 멋진 말이라 감탄했는걸. 집에
와서 나도 연습해 봤어!"

"진짜니? 정말 어색하고 막 그러지 않았니?"

"하나도 안 어색했어! 입에 짝짝 붙었어! 정말 산전수전 다 겪은
초울트라 생양아치 같았다니까, 그렇지 노마?"

"그래 맞아! 가출해서 애까지 낳은 우리 사촌 누나 같았어!"

"진짜? 고마워! 난 그냥 드라마에서 본 대로 한 것뿐인데!"

분위기가 아주 화기애애해져서 루나는 만족했다. 보통 여자애라면 날라리 미혼모를 닮았다는 말이 전혀 칭찬이 아닐 텐데. 좀 이상하긴 하다.

"루나."

갑자기 유니가 외쳤다.

"생각났다. 너를 도와서 그 편지의 비밀을 풀 사람!"

"누군데?"

유니는 약간 아니꼬운 듯 목을 치켜들었는데 그건 좀 아니었다. 예쁜 애들이나 해야 어울릴 몸짓이었다.

"베드로 아저씨."

들자마자 노마가 도리질을 했다. 마음에 안 들면 제어가 안 될 정도로 노마의 고갯짓은 심해졌다.

"말도 안 돼, 그 아저씬 혼자 걷지도 못하는데! 병원 밖을 나가 본 적도 없을걸."

"그렇지 않아. 아저씨는 휠체어를 타면 자유롭게 다닐 수 있어. 그리고 보기보다 현명하고 비굴한 말도 술술 잘하잖아. 하나도 예쁘지 않은 간호사한테도 막 이쁘다고 하고. 그냥 장애인 택시만 부르면 내려서 우리가 밀고 다니면 돼."

"진짜 그럴 수 있을까?"

루나는 망설였다. 그러면 아저씨에게 모든 얘길 다 해야 할지도 모르는데.

"아저씨를 믿어도 될까?"

"학교 선생님이랑 상담 선생님, 천문대 아저씨, 너희 외할머니 중에 한번 골라 봐. 누가 가장 원기왕성하고 믿을 만한 사람인지."

그렇게 말하니 금방 답이 나왔다.

"와 유니, 대단해! 어떻게 그런 비교가 가능하지?"

"나, 항상 노력하잖아. 모방은 창조를 낳지."

유니는 아동 복지국에서 권장하는 치료를 가장 모범적으로 받고 있는 아이이기도 했다. 어쩌면 거기서 시행하는 새로운 전기 자극 시술을 받게 될지도 모른다. 머리에 전기 침을 놓는다는 그 무시무시한 시술, 루나는 그토록 달라지고 싶어 하는 유니가 잘 이해되지 않았지만, 지금은 그런 생각을 할 때가 아니었다.

"정말 제일 나은 사람은 아저씨구나."

"난 그 아저씨 냄새가 싫은데."

노마가 불쑥 말했다. 아저씨는 남들보다 씻는 게 배는 어렵다고 했다. 게다가 몰래 담배까지 피우는 용감한 환자였다. 발각되면 퇴원인데도 용케 걸리지 않았다. 그런데 그렇게 말하는 노마에게서도 썩 좋은 냄새는 나지 않았다. 사람들은 겨드랑이에서 나는 냄새라고 고갤 돌리곤 했는데 루나는 한 번도 노마에게 말한 적이 없다. 게다가 뚱뚱한 체형 때문에 땀도 무척 많이 났다. 그런 얘긴 굳이 네가 해야 될 필요가 없단다, 라고 일러 준 사람이 바로 베드로 아저씨였다. 맞아, 아저씬 확실히 생활의 지혜가 많아. 인정!

"그래도 베드로 아저씨는 어른들 중에서 제일 편견이 적어."

편견? 그게 뭐지? 오늘은 루나가 완전히 유니에게 밀리는 날이다. 저렇게 어려운 말도 쓸 줄 안다니.

"왜냐하면 아저씨도 '진짜 사람'이 아니잖아. 팔다리가 가짜니까. 그래서 우리랑 통하잖아. 그렇지, 루나?"

루나는 고개를 끄덕거렸다. 하지만 속으로 외쳤다. 아저씨도 진짜 사람이야, 우리도 진짜 사람이 맞는데! 유니와 노마는 늘 우린 아니라고 저런 식으로 말하곤 했다. 그게 더 나쁘단 생각은 왜 못 하는 걸까.

"루나."

유니는 한참 동안 입을 다물고 있는 루나의 기분을 알아차리지 못했다. 유니가 책이나 드라마에서 아무리 많은 걸 배워도, 공감하는 능력은 아직 멀었다.

"지금 당장 가 보자, 아저씨한테."

"그래, 루나. 그러자."

루나는 일단 친구들 말을 따르기로 했다.

머릿속이 아주 복잡했지만 잊으려고 애썼다. 속이 거북했지만 참았다. 아무 말도 하지 않고 루나는 유니 뒤를 따랐다. 오늘 갑자기 순서가 바뀌었다.

유니가 루나 대신 맨 앞으로 왔지만 아무도 뭐라 하지 않았다. 노마가 루나를 흘끔 봤을 뿐이다.

여기서 병원까진 5분 30초가 걸릴 것이다. 그동안이면 주기율표를 세 번은 반복해 외워 볼 수 있다. 그게 지겨운 날은 친구들과 원소 이름으로 끝말잇기를 해도 기분이 좋아진다.

루나는 가장 좋아하는 란타넘족 원소들부터 외우기 시작했다.

57번 란타넘, 58번 세륨, 59번 프라세오디뮴, 60번 네오디뮴, 61번 프로메튬, 62번 사마륨, 63번 유로퓸…….

필립의 집을 나오며 일행은 각자 흩어졌다.

민준이 대로로 나오자 뒤에서 클랙슨이 울렸다. 돌아보니 제이슨이 타라며 손짓을 했다. 민준은 못 이기는 척 차에 올랐다. 차는 요새 절찬리에 팔린다는 신형 하이브리드 카였다.

"김 교수, 여기 생각보다 좋은 동넨걸. 김 교수는 어디 사나?"

나이가 같다지만 그는 언제부터인가 완전 반말투다. 외국인이라 몰라서 그러는 게 아니다. 전형적인 한국의 닳고 닳은 꼰대의 말투다. 정말 이런 중국인은 처음 봤다.

"나야 뭐 학교에서 준 사택에 있지. 그래도 일본보다는 넓은 편이야."

"그런데 김 교수는 왜 아까 아무 말도 안 했어?"

급작스러운 질문에 민준은 그의 얼굴을 한번 쳐다보았다. 넙데

데한 얼굴이 지난번보다 더 살찐 것 같다.

"나한테 뭘 바라는 거지?"

"필립의 상태를 봤잖아. 뭔가 결단을 내릴 때가 온 거야. 자그마치 삼 년이야."

"알츠하이머도 절대 못 고친다고 했던 시대가 바로 몇 년 전이야. 지금은 약으로 다 조절되잖아. 기다리다 보면 안전한 치료 방법이 나올 수 있어. 십여 년을 기다리는 환자들도 그렇게 다 기다려."

"답답하군. 자네는 그러니까 연구 교수나 평생 하는 거야. 도대체 확률이 얼마나 된다고. 알츠하이머 신약은 오랫동안 연구해 온 결실이지. 그리고 필립은 식물인간보다도 상태가 안 좋아. 차라리 암을 정복하는 게 빠를걸. 지금은 이게 최선이야."

"실패하면? 사망할 확률이 80퍼센트가 넘는 수술이라는 걸 왜 밝히지 않지?"

"그런다고 달라지나? 난 왜 주저하는지 모르겠어."

차가 멈췄다. 제이슨이 전자 담배를 꺼내 입에 물었다.

"하, 진짜 말보로 한번 피워 봤으면 소원이 없겠네. 옛날 사람들처럼 그런 거 신경 안 쓰고 막 살았던 시절이 차라리 나았는지도 몰라."

"……."

"나라고 더 기다려 보면 좋겠다는 생각을 왜 안 했겠나? 그런데 이게 너무 좋은 기회란 걸 왜 모르지? 이게 어느 정도의 우연과 시간과 공이 들어가서 만들어진 건 줄 몰라서 그런 배부른 소릴 하는 거야. 이 수술은 원래 더 돈 많은 유럽인 사업가에게 갈 기회였다고. 의료계나 제약 업계에선 다 그 사람을 밀었어."

"그 선박 해운업계 총수라는 영국인 말인가?"

"그렇지. 자네도 듣는 귀는 있군. 그의 숙원 중 하나가 항공 사업을 확장해 화성 탐사 사업으로 진출하는 거였다네. 이제 우주 사업계도 경쟁자가 너무 많아. 익스프레스 같은 선발 주자들은 아주 예민한 상태지. 그 외에 구글 체인이나 네오 나사나 다 경계하는 덕에, 그 영국인은 돈을 싸들고 와서 수술을 받겠다는데도 탈락한 거야."

전자 담배를 저리 맛있게 피우다니, 민준은 자신도 한 모금 빨고 싶다는 생각이 문득 들었다. 민준도 이십 대엔 담배 맛을 알았다. 하지만 방사능보다도 더 암 유발률이 높은 담배를 피우는 사람은 자기 관리 부족으로 간주되었다.

비만과 담배, 방사능이 현대인의 3대 적이라는 건 이제 상식이다. 제이슨은 여전히 맛있게 전자 담배를 피우며 말을 이었다.

"고준위 방사능 폐기물을 영구 고체화시키는 기술의 실용화 단계가 빨라졌다네. 자네도 아는 그 회사야. 그런데 워낙 그룹 이미지가 안 좋잖나. 오죽하면 내가 거기 있다 뛰쳐나왔겠나."

"흥."

"믿질 않는군. 하여간 이 지점에서 필립이 등장하지."

"……."

"새로운 젊은 총수가 이미지 메이킹에 혈안이 되어 있어. 그는 프랑스의 기존 아성을 무너뜨리고 방사능 폐기 업계의 일인자가 되고 싶어 하지. 근데 거기도 작은 규모의 우주 서비스업을 시작했고 말이야. 한국에 이런 속담이 있지? 떡 본 김에 제사 지낸다고. 원래 그 총수의 어릴 때 꿈도 우주 비행사라는 거야. 그한테 딱 어울리는 모델이 바로 필립이었지. 필립이 멀쩡히 살아 있었다면 어쩌면 CEO로 모셔 갔을지도 몰라. 물론 그의 의지만으로 다 되진 않지. 소문으로는 필립이 몸담았던 핵융합 연구소에서도 움직인 것 같아. 그쪽이야 늘 자금도 없고 기반도 없지만 그래도 용케 끼어들더군.

거기다 문제는 아직도 필립을 그 공직자 비밀 보호법으로 사사건건 물고 늘어지는 인사들이 시퍼렇게 살아 있다는 거야. 그치들도 참 끈질기더군. 아무리 폐기물 재시설 쪽에서 로비를 했다손 쳐도 이미 삼 년이나 지난 시점에는 표면화된 건데 말이야. 한국의 정치가들도 참 희한해. 솔직히 나도 이렇게 해서 다 엎어지는 줄 알았네. 그들 요구는 뭐였는 줄 아나? 부인에게라도 그 침묵 각서를 쓰게 해야 수술이건 뭐건 해 주겠대. 수술 후 필립이 복귀하면 당연히 그 각서는 유효한 거지. 이런 세력들이 자네 친구 앞길을 꽉 막고 있어. 난 어떻게든 뚫으려고 하고. 알겠나?"

"……."

"그런데 누가 등장했는 줄 아나? 갑자기 유엔의 에너지 전권 대사가 직접 한국에 오지 않았겠나? 동북아 에너지 안전을 위해 탈핵 운동의 상징적 인물을 확보하자면서."

"그가 누군데?"

"필립이 껌뻑 죽는 버클리의 그 스승님 알지? 본 적 있나? 그 별에 미친 양반, 그 양반 덕분에 필립이 아레시보에서 시간을 낭비했던 거잖아."

"천체 물리학 분야에선 대가인 분이야. 아직도 현역에 계시나?"

"아니. 일 년 전 타계했어. 그런데 그분 아들이 바로 그 에너지 전권 대사야."

"아, 들어 본 적 있는 것 같아. 맞아, 필립이 언젠가 얘기했었어. 아버지를 닮아 아주 반듯하다고."

"그 스승님이 돌아가시기 전에 필립에 대한 당부를 따로 했다는 거야. 필립도 참 행복한 사람이야. 은사가 그렇게까지 생각해 주는 경우가 어디 흔한가? 사고 직후 우연히 병원에서 봤는데 정말로 애통해하시더군. 저런 인물은 다시 한국에 태어나기 힘든데 이게 웬일이냐고 엄청 흐느끼시는 거야."

"……."

"이 정부는 정말로 필립이 죽든 말든 상관도 안 해. 아니 솔직히 없는 게 낫지! 그런데 돈 좋아하는 한국 정부가 가만히 앉아서 굿이나 보면 되는 괘가 굴러 들어온 거라고. 정확히 말하면 막강한 방사능 폐기 업체와 좋은 관계를 유지하면서 향후 중앙아시아의 원전 건설에서 어드밴티지를 얻는 거지. 아무것도 아닌 사람 하나 살리는 셈쳐 인심도 쓰고. 게다가 한국 정부가 특히 좋아하는 대외적 명성! 이것도 얻으니 나쁘지 않고."

"자넨 무슨 이득이 있는데?"

"호오, 왜 이러나? 난 선의 따윈 하나도 없는 기회주의자다 이건가? 나한텐 말이야, 몇 가지 이유가 있다네. 먼저 그 젊은 총수가 접촉을 해 온 건 맞아. 근데 그거야 해도 되고 안 해도 그만인 거래지."

"그런데?"

"이 조커를 쥔 그 에너지 전권 대사가 말이야, 나 대학 시절 기숙사 동기였어. 친한 건 아니야. 다만 신나치 써클에서 반중 시위가 일어났던 적이 있었는데, 참 미국에서 그런 게 다 일어나다니……. 아무튼 창문에 돌을 던지고 중국인을 린치하던 그때, 그가 날 자기 방에 숨겨 줬었지. 같은 층 친구일 뿐이었는데 말이야."

"……."

"우리 아버지는 늘 말씀하시지. 중국인은 꼭 은혜를 갚아야 한다고. 그 친구도 필립 얼굴은 본 적도 없대. 그런데 이런 인연으로 엮인 거야. 전생의 인연이 아닐까 싶어. 필립은 참 시시해 보이고 눈에 잘 안 띄는 사람인데 뭔가 있는 거 같아. 그러지 않고서야 이렇게 엮일 수가 있나?”

“무슨 말인지는 알겠는데, 그런다고 수술의 당위성이 커지는 건 아니네.”

“지금까지 내 얘기를 헛들었구먼. 자네 정말 필립의 친구 맞나?”

“친구니까 하는 소리야!”

“필립이 달에 가서 겪은 얘기 분명히 다 들었지? 자네는 필립을 믿지 못하는군, 그렇지?”

“그 얘기가 지금 왜 나오는데?”

“참 나, 필립이 그 사고도 예견했잖아. 나도 처음엔 안 믿었어. 그런데 필립이 맞았잖아? 필립한테는 남다른 데가 있어. 난 그래서 당연히 필립이 잘될 거라 믿어. 그리고 또 하나의 이유가 있지.”

“그게 뭔데?”

“왜냐하면…… 사실 나도 달에서 필립이 본 걸 봤거든! 아주 잠깐이긴 했지만 필립이 본 그 광경이 뭔지 알아. 난 나 혼자 환각에 빠진 거라 믿었지. 자네는 정말 믿지 못하는군, 그렇지? 자, 이제 차에 타지. 난 이제 베이징으로 출발해야 한다네. 어서 타!”

4. 버즈, 버즈

아빠는 감압증도 없고 우주 멀미도 없다고 얘기했던 것 기억하지? 지금 화면 뒤쪽의 아저씨 보이니? 진공 포장된 베이컨과 콩 요리를 먹고 체했는지 게워 내는 중이란다.

잘 봐라. 저렇게 밀봉된 용기에 담겨 있어서 조금이라도 새어 나오면 그 입자들이 공중으로 흩어져 참 난감해진단다. 그걸 일일이 다 수거해야 하거든.

우주 반딧불이라는 것도 있어. 깜깜한 우주 공간에 수정 같은 작은 알갱이들이 꼭 반딧불처럼 빛날 때가 있지. 정말 로맨틱하단다. 그런데 그 반딧불의 정체가 뭔 줄 아니? 그건 바로 폴리에틸렌 용기에서 새어 나온 인간의 소변 입자란다. 암모니아의 우주 친화적

형태지!

언젠가 화성과 목성 토성에도 이곳처럼 기지와 우주 정거장을 활발하게 설치할 날이 올 거야. 이미 화성에는 눈독 들이는 나라들이 서로 눈치를 보고 있어. 그러면 내게도 또 탐사선을 탈 기회가 오겠다는 얘기들을 해. 하지만 나는 두 번 다시 하지 못할 것 같구나.

이유는 단 하나야. 나는 우주에서 통 잠을 잘 수가 없어.

회전의자에 앉아 밥을 먹어도 될 만큼 멀미에 강한 내가, 공중에 둥둥 떠 있는 슬리핑백에서는 도저히 적응을 못 하겠다. 우주 멀미가 심해서 얼굴이 토마토처럼 부어올라 '문 페이스'라 불리는 대원조차 잠잘 땐 허공에서 코를 골고 잠꼬대까지 하며 잘만 자는데, 아빠는 지난 나흘 동안 거의 눈을 못 붙였단다. 눈을 감아도 소용이 없어. 계속 자잘한 입자들이 깜박깜박, 어른어른해서 집중이 안 돼.

많은 우주 비행사들이 증언한 그 섬광 현상이 이것이란다. 그건 갑자기 불을 켰을 때처럼 강한 빛일 때도 있어. 눈앞이 번쩍해질 정도의 진동이 있는 빛일 때도 있고 때론 별똥별처럼 길게 꼬리를 물며 왔다 갔다 하기도 한단다.

이 섬광의 정체는 아직 밝혀지지 않았단다. 우주 소립자들이 우주선 내에 날아들어 시신경에 연결된 뇌세포, 망막 세포들을 자극해 나타난 현상이라는 해석 정도야. 우주에 나온 지 백 년이 다

되어 가는데도 이 작은 소립자들의 정체를 파악하지도 못하고 있구나.

이걸 경험한 비행사들에게 공통된 후유증은 없단다. 다만……, 아폴로 11호의 버즈 올드린, 바로 아빠가 좋아하는 버즈 같은 경우, 그는 최초로 이 섬광 현상을 공식적으로 보고한 사람인데, 지구로 돌아온 뒤 남다른 인생 진로를 경험했지. 이게 그것 때문이라는 건 물론 아냐. 그가 아니라도, 달에 갔다 온 뒤 인생이 크게 바뀐 사람들은 꽤 많거든.

아폴로 12호의 앨런 빈은 일생 동안 달만 그리는 화가로 살았단다. 아폴로 14호의 에드거 미첼은 ESP라는 능력을 연구하는 데 일생을 바쳤고 아폴로 15호의 제임스 어윈과 아폴로 16호의 찰스 듀크는 열정적인 신앙인으로, 전도사로 살았지. 그들은 자기가 신을 보았다고 믿었어. 그 외에도 환경 운동가가 된 사람들, 평화 부대에 들어간 사람, 반전 운동을 하게 된 사람, 정치가가 된 사람들도 많단다. 조용히 은퇴해서 언론과 철저히 담쌓고 산 닐 암스트롱 같은 사람도 물론 있고.

우리의 버즈는 말이다, 불행하게도 지구로 돌아와 정신 이상을 일으켰단다. 그래서 정신 병원에서 한참을 요양했는데 기적적으로 재기에 성공했지. 지금은 중국의 부호들과 손을 잡고 우주 상업 서비스와 우주 의료 시스템 분야의 상징적인 인물로 활약하고 있어. 아마 곧 그의 얼굴이 그려진 우주선을 타고 달 관광을 가는 시대가 올 거야.

'우주장' 즉 우주 장례가 지금처럼 도입된 건 버즈의 공이 크단다. 많은 우주 비행사들의 소망을 알고 있었겠지. 사실 나사나 세티(SETI)에 몸담은 수많은 준비행사들, 엔지니어들, 그리고 일생 우주를 흠모해 온 수많은 과학자, 천문학자들에게 죽어서 우주 궤도를 돈다는 건 정말 매력적인 발상이거든. 거금이 든다는 게 문제지.

아빠가 푸에르토리코의 아레시보 전파 관측소라는 데서 잠시 몸담았던 시절, 바로 거기로 날 인도해 주셨던 아빠의 은사님도 그런 유언장을 작성해 놓았다고 하셨어. 죽어서라도 꼭, 외계 생명체와 조우하고 싶다고 말이지. 뵌 지도 오래됐구나. 지구에 돌아가면 꼭 찾아가야지.

전에 보이저 2호에서 보낸 걸로 추정된다는 메시지 얘기를 했던가?

그건 단순히 몇 명이 할 수 있는 작업이 아니었단다.

아빠가 석박사 과정을 마친 버클리의 서렌딥 IV, 하버드의 베타 프로젝트, 그리고 가장 오랜 역사를 자랑하는 세티 등이 합작으로 정교한 스펙트럼 분석기로 해독을 해 왔어. 과연, 그 메시지는 보이저 2호에 대한 응답이 맞을까? 이 답은 간단하지 않단다. 결론부터 말하자면 예스도 노도 아냐. 그냥 '모르겠다'야.

먼저 우리가 보낸 보이저호 '골든 디스크'에 55개의 언어로 된 인사말이 실려 있다고 했잖니, 그런데 응답 메시지엔 그중 13개 언어로 된 새로운 메시지가 실려 왔단다! 이게 중요한 거지.

고대 수메르 언어에서부터 현대 중국의 방언인 오어까지 다양했지. 감격스럽게도 그 언어들 중엔 한국말도 섞여 있었어.

그 언어들이 뜻한 바는 모두 같았어. 그게 뭐였는 줄 아니?

그건 바로 이 문장이었어.

"달에 가라."

이게 다야.

우리가 받은 전파로 해독 가능한 것은 그뿐이었지.

천문학자들은 어땠겠니?

난리가 났어.

왜 하필 달인가. 생명체가 없는 걸로 사망 선고 내린 달에 대체 무엇이 있단 말인가.

그리고 달 같은 작은 위성을 어떻게 아나. 도대체 이걸 보낸 종족은 어느 별에서 온 건가.

보이저호의 운동량을 봤을 때 다른 별까지 갔다는 건 불가능하다고 얘기했잖니. 그럼 그들은 우주 방랑 종족인가. 그렇다면 도대체 우리보다 얼마나 우월한 종족인가…….

질문은 끝이 없었지. 그래서 이건 아무래도 정교한 조작이나 트

릭이라는 주장도 끈질기게 제기됐단다. 조작이라 주장하는 사람들의 의견 중엔 이런 게 있었어.

'발달한 외계 문명의 입장에서 봤을 때 지구는 너무 미개해 보이거나 별 매력도 메리트도 없는 별이다.'

그런데 이건 서막에 불과했단다. 본편은 그다음부터였어. 이후 도달한 다른 메시지가 있었거든. 그 전파들은 더 복잡하고 긴 기호가 담긴 화면을 전송했지. 또 그건 인간이 들을 수 없는 음역대의 낯선 음향이 입혀져 있었어.

이 지점에서 고백하고 넘어가야겠구나. 사실 말이다, 자연 과학은 아직도 무능하단다. 그것도 매우. 천문학자와 물리학자들만으로는 도저히 그 메시지를 풀 수 없다는 게 자명했어. 그래서 많은 언어학자와 기호학자, 인류학자, 과학사학자, 생물학자, 수학자, 미래학자, 음향 전문가들이 비밀리에 동원되었단다. 얼마나 많은 전문 인력과 시간이 소요됐는지는 아무도 몰라. 외계의 단발성 메시지가 아니라 새로운 그들의 언어 체계가 실려 왔다는 걸로 방향이 급선회하면서 연구 인력들은 수시로 바뀌고 작업은 인계됐으니까.

이해가 되니?

그들이 누구인가 하는 의문보다도 새로운 언어의 습득이라는 좀 더 구체적인 프로젝트로 바뀐 거지.

이론 물리학자들이 많이 반발하긴 했어. 주도권을 뺏긴 거나 마찬가지였으니까. 뭐 어쩔 수 없는 상황이었지.

하여간, 거기서 우린 최소한 이것만은 알게 되었단다.

그들 자신의 언어로 내용을 보내는 한편, 우리가 해독하지 못한 경우를 대비해 친절하게도 지구 언어 몇 개로 그 함축적인 의미를 부록으로 보냈다는 거였지.

이 주장도 그냥 제일 그럴듯한 가설에 불과하긴 해.

일단 이것부터 생각해 봐야겠지. 도대체 그들의 언어는 어떤 것이냐? 하고 물을 수 있잖니. 그러면 단답식으로 대답하기 정말 곤란하지만 있긴 있다, 라고 할 수 있단다.

만일 지구에서 이와 가장 흡사한 언어가 무엇이냐고 물으면, 그나마 한 2퍼센트 정도의 유사점이라도 괜찮다고 한다면…… 그게 뭔 줄 아니?

바로 북미 대륙의 호피 인디언의 말이야. 어쩌면 그것도 억지라고 할 수 있지만 가장 연관성이 있는 기호 체계라고 보는 거지. 나역시, 이 연구 작업에 엉겁결에 참여해서 이걸 알게 됐을 때, 정말로 의구심이 가시지 않았단다. 이거 사기 아냐? 그 생각부터 했어.

존경하는 은사님이 "필립, 이건 인류사의 새로운 경지라네. 가청 주파수대에 필사할 수 있는 외계어를 상상해 봤나? 자넨 기호학, 언어와 문학, 다 소양이 있으니 정말 적임자네. 꼭 같이 일해보게." 이렇게 강권하시지만 않았다면 나는 그 푸에르토리코라는 나라에서 도망쳤을 거야.

그 새로운 언어는 정말 이상했단다. 언어에 순서도 없어. 그때그때 달라질 수도 있어. 그리고 음운도 없어. 내가 소양이 좀 있다고 한들 이런 걸 접해 봤을 리가 없잖니?

과학과 인문학의 조우를 꿈꾸는 박식한 스승 덕분에 오긴 했지만 나는 그 귀한, 정말 함부로 공개할 수 없는 '극비' 영상을 분석하기에 너무 부족했어. 보면서도 충격에 말을 잃었지.

먼저 프롤로그라고 할 수 있는 영상에 등장하는 건, 놀랍게도 미국 지미 카터의 모습이야. 그가 평화와 우호를 다지는 연설 영상이 생생히 펼쳐져. 그러고 나서 13개 언어가 더빙된 것처럼 그의 입에서 흘러나오지.

그런데 말이다, 이게 중요해. 보이저호에 실린 디스크에는 지미 카터의 연설 녹음 파일만 있지 영상이 아예 없어! 그러나 그들은 지미의 얼굴을 알고 그걸 입혀 보낸 거야!

그러고 나서 화면과 전파 주파수가 바뀐단다. 바로 문제의 새로운 언어가 나오는 부분이야.

거기엔 어떤 금속으로 된, 비석 비슷하지만 그것과는 좀 다른 입방체가 등장해. 그 물체 위엔 동그란 유리 뚜껑 같은 개폐 장치가 있어서 그게 수시로 열리면서 물체의 전체 형태가 바뀐단다. 그리고 소리가 들려와. 그게 그 3차원적 입방체의 진동과 깊은 관련이 있어 보여.

입방체? 3차원? 말로는 쉽게 표현이 안 되는, 보통의 공학적 구조와는 다른 무엇이란다. 그게 말을 하는 거고.

물론 그 말을 즉각 알아듣는 건 불가능해. 가청 주파수긴 하지만 돌고래가 듣는 초음파 같은 거니까. 그 내용이 뭔지는 영원히 모를 수도 있어. 하지만 일군의 언어학자들이 그걸 아주 일부 풀었다고 주장하지. 그들 말고는 아예 손도 못 댔어.

그 영특한 언어학자들의 해독은 이래. 우리가 보낸 보이저호의 디스크 내용을 반복하는 것 같다는구나. 다시 말하면, 자기들에 대한 정보는 아주 제한적이래. 또 그 언어는 여러 형식으로 발화되고 있는데 의미가 다 비슷하대. 이해가 되니?

그런데 가장 특이한 점은 바로 이 부분이란다. 그들의 언어는 말이다, 시간을 뛰어넘어 현재와 미래를 공존하는 시제를 갖고 있다는구나.

처음으로 그 얘기를 들었을 때 나는 정말 짐을 싸서 한국으로 갈까 싶었어. 아무리 머리를 쥐어뜯어도 알 수 없고 정신이 붕괴되는 느낌이었거든.

며칠 뒤엔 더 희한하다는 그 문자 언어를 영상으로 보게 됐어. 역시 헷갈리더구나. 그래도 처음만큼 충격적이진 않았어. 기본적으로 기호가 반복되기 때문에 어느 정도 시각적으로 마음이 편해진 데다가 여유를 갖고 보니, 언어학자들 말대로 사우디아라비아어와 한자를 순열 조합했다가 해체한 것 같다는 느낌이 들더라!

세상에! 이런 말이 있다니!

게다가 그 언어는 아주 짧단다.

이런 표현이 가능하다면 말이다,

문자를 쓰기도 전에 이미 전달할 내용을 다 알고 구사한다는구나!

획과 굵기 등으로 뉘앙스가 달라지는 건 덤이고 말이야.

당연히 문장으로 보긴 힘들고, 그렇다고 구나 절이라고 보기에도 미흡하대. 이 지점에서 내 상상력은 다시 꽉 막혔단다.

아까도 말했지만 이것조차 언어학자들의 가설 중 하나였을 뿐이야. 검증할 데이터가 이렇게 부족한 데다 옳은지 그른지 판단할 주체도 없잖니? 반박하는 이들의 주장은 이랬지. 언어란 가치관과 세계관의 표현이면서 신체적 작동과도 관련 있는데, 이걸 그들의 언어로 보기엔 너무 저열하고 조잡하대.

하지만 반대로 이렇게 주장하는 학자들도 있었어.

"영어나 불어를 쓰는 현대인들이 도저히 인디언의 언어로 소통할 수 없듯이, 우리가 보기엔 조잡한 그 언어가 오히려 발달한 생명체들에게는 가장 간결하고 효율적인 소통 수단일 수 있다. 그들은 형식적 차원에서 이런 언어를 만들었을 뿐 언어조차 필요 없는 진화된 문명일 수 있다. 왜 우리 같은 오감만 가졌을 거라 생각하나?"

즉, 그 언어는 선형적 시간이 아니라 여러 시간대가 공존하는 사고 체계에 적합한 언어라는 거란다.

호피 인디언의 언어엔 바로 그런 시제가 따로 있지 않다는구나. 물론 그들은 미래를 예언하며 대화하는 게 아냐. 하지만 어떤 우주에선, 미래를 내다보며 그걸 서로 인식하는 가운데 짧게 확인하며 대화하는 생명체가 있다는 거지.

나는 조금씩 눈을 떠 가는 느낌이었어. 아니, 다시 말할게.

그 언어는 세상을 보는 나의 눈을 바꿔 놨단다.

완전히 그걸 습득하고 구사할 수는 없겠지만 그런 식으로 소통하는 게 가능하다는 걸, 마치 미적분과 몇 개의 공식만으로도 수학자들이 대화할 수 있듯이 충분히 가능한 대화 시스템이라는 걸 새삼 깨달았단다.

천문학과 핵물리학 언저리의, 그것도 변방의 일개 과학자인 내가, 그 엄청난 경쟁률을 뚫어야 가능한 달 탐사선에 탑승하다니, 어떻게 된 노릇일까. 아무리 생각해도 우연치곤 너무 희한하다는 생각을 금할 수가 없단다.

그때, 아레시보에서 혹은 세계 곳곳에서 그 알쏭달쏭한 그 극비 영상을 보고 해독 작업에 참여했던 수많은 학자들 중 달에 온 이는, 과연 몇 명이나 될까? 어쩌면 나밖에 없는 걸까? 이 궁금증은 지금도 풀 길이 없다.

달에 가라.

바로 그 문장을 접한 사람들은 과연 지금 어디서 무엇을 하고 있을까?

그들도 나와 같은 예상 못 한 삶의 궤적을 돌면서 나와 비슷한 의문을 품고 있지 않을까?

그 프로젝트가 결국 어떻게 됐는지 말해 줄 때가 됐구나. 그 작업팀들은 소리 소문 없이 해체됐어. 과정과 결과에 대한 내용은 봉인된 채로. 없었던 일처럼 한다는 게 아니라 좀 더 시간을 갖고 유보하기로 결정했다는구나. 언제 더 뚜렷한 전파를 받게 되면, 연구는 재개될 거란다.

지금도 세티 연구소는 외계 시그널을 항상 주시하면서 인간이 잘 사용하지 않는 300헤르츠 이하의 주파수들을 다 잡아내고 있어. 정확히 말하면 SETI@home을 통해 분산 컴퓨팅 프로그램 작업으로 이루어지고 있지. 미국의 지원이 끊어졌거든. 현재 전 세계에서 24만 명 정도가 참여하고 있단다. 일종의 자원 봉사자랄까. 초당 평균 640테라플롭스의 부동 소수점 연산을 수행하지.

나는 아레시보를 떠나왔고, 한국에 도착하고 얼마 안 있어 네가 태어났단다. 구 개월 전 잠깐 아레시보에 들렀다 간 엄마에게 네가 생겼다니 참 믿어지지 않더구나. 몇 년 동안이나 기다렸지만 아이 소식이 없어 우린 기대를 하지 않고 있었어. 그런데 너는 예고 없이 갑자기 우리 곁에 펑, 하고 나타난 거야.

내가 한참 새로운 언어를 습득하고 있을 무렵 우주에 있던 네가, 그 먼 우주를 아장아장 걸어와 우리에게 온 거야. 참 신기하지 않니?

엄마가 와서 묵었던 곳이 바로 '호텔 루나'였단다. 엄마가 물었지. 루나가 무슨 뜻이냐고. 그래서 말해 줬단다. '달의 여신'이라는 뜻이라고. 네 이름이 그렇게 정해진 거야, 루나야. 그 아름다운 이름이. 그냥 그 이름으로 해야 할 것 같았단다. 엄마가 더 많이 원했어.

얘기가 너무 길어졌구나.

지금 이 화면은 잘 보이니? 많이 어두울 거다. 잠을 자려고 탐사선 안의 조명을 거의 껐단다. 나 빼고 다른 대원들은 모두 곤히 잠들었다. 나도 좀 쉬고 싶구나. 섬광 현상 때문이 아니라도 오늘 본 광경 때문에 쉽게 잠이 오지 않을 것 같아.

제이슨이 아까 골프 쇼를 촬영하면서 7번 아이언으로 친 공이 아주 근접한 거리에 떨어졌다며 같이 주우러 가자고 했지. 처음 보는 크레이터 근처였는데 그만 이상한 걸 보게 됐단다.

회장석으로 덮인 바닥 위에 돔처럼 보이는 투명한 물체가 있는 거야. 그런데 이상하게도 촬영하면 시커멓게 나오더구나. 하여튼 어딘가 인공적인 느낌이 들었어.

"와우, 엄청나게 환상적인데. 이거 꼭 찍어 가자고. 일단 채취라도 해 볼까?"

제이슨이 그렇게 바싹 다가가는 순간, 나는 갑자기 알 수 없는 기시감에 깜짝 놀라 한발 물러났지. 바로 아레시보에서 봤던 영상 중에 뭔가 비슷한 게 있었던 것 같았지. 분명 똑같은 건 아니야. 그저 어슴푸레한 뒷배경에서 뭔가가 닮은 듯한 애매한 느낌이지.

제이슨은 일단 교신기를 켜고 보고하더구나.

"뭐라고? EVA-2를 시행하라고? 왜 그런가? 이 EMU들은 그런 거 같지 않은데……. 그건 나도 모르겠다, 오버."

그는 나를 보며 자기 손가락으로 원을 그려 보였어. 뭔가 이해가 안 되는 말이나 상대가 있을 때 그가 보이는 제스처였지. 그는 다른 촬영을 위해 휴대한 초광각 카메라를 꺼내더니 이렇게 말하더구나.

"필립, 자네가 한 바퀴 돌아 보게. 내가 뒤에서 찍을 테니."

그렇게 우리는 천천히 그 돔 주변을 걷기 시작했어.

한 이삼 분 되었을까. 나는 그를 자꾸 뒤돌아보며 걸었는데, 어느 순간 그가 휙 사라진 거야. 나는 놀라서 두리번거렸지. 그런데 내 눈 앞에 어떤 스크린 같은 게 쫙 펼쳐지면서 슬라이드 화면처럼 움직이기 시작했어. 마치 자동차 극장에 앉아 있는 기분이었지.

그리고 말이다. 아주 우울한 장면들이 내 눈앞에 펼쳐졌어. 나는 숨을 죽이고 보았지. 얼마가 지났을까. 멍하니 서 있는 내 앞에 그 스크린은 감쪽같이 사라지고 제이슨이 날 쳐다보고 있더구나.

"필립, 왜 그래? 깜짝 놀랐잖아."

"내가 계속 여기 있었어?"

"아니, 어딜 갔다 온 거야? 봐, 갑자기 화면에서 사라졌어. 나는 내가 한눈을 판 줄 알았지."

"……."

"어떻게 된 거지?"

제이슨은 다시 교신을 하더니 뭐라고 계속 보고했어. 그러고는 내 손을 잡더니 너무 늦었으니 철수하자고 하더구나. 그렇게 말하는 제이슨이 식은땀을 흘리고 있었어. 그가 혼잣말로 뭐라 중얼중얼했지만 내 귀에는 잘 들리지 않았지.

우리가 열 발짝 정도 걸었으려나.

갑자기 그런 느낌이 들더구나. 누군가 우리를 보고 있는 것 같은 시선. 여기, 어떤 생명체가 있다는 느낌. 오싹하거나 그런 건 아니었어. 여기 우리만 있는 게 아니어서 다행이라는 좀 묘한 지적 인식, 어떻게 설명할까. 임재감(臨在感)이라고 표현해야 할까.

그 방방 뛰는 제이슨이 약간 패닉을 일으킨 것 같더구나. 갑자기 그가 나를 툭 치며 옆을 가리켰어.

"필립, 저길 봐."

그러니까 말이다. 방금 지나쳐 온 크리스털처럼 반짝이던 돔 같은 물체, 그것이 통째로 사라졌단다!

정말, 아무것도 없었어. 신기루처럼!

우린 다시 되돌아가 봤지. 거길 몇 번이나 뱅뱅 돌았는지 모른단다. 그런데 없었어. 사라졌어.

나 혼자였으면 환각이라고 치부했을 거야. 하지만 제이슨도 분명 보았고 그의 카메라엔 그 모습이 찍혀 있었거든.

착륙선에 돌아와 그걸 찬찬히 살피던 제이슨이 내게 다시 보여 주었지.

오 분여 동안 내가 그 물체 곁을 그저 걷고 제이슨이 계속 자기 아버지와 할아버지에 대한 지루한 험담을 늘어놓는 소리 외엔 평범했어. 제이슨이 정지 화면을 보여 주기 전까진 말이야.

"이게 뭘까, 필립?"

"글쎄……."

내 곁에 무슨 흐릿한 그림자 같은 게 보였단다. 그런 흐린 감도는 달에서 보기 힘든데. 그냥 길쭉한 뭔가였어. 그때부터 조금 소름끼치긴 했단다. 우린 더 이상 얘기하지 않았어.

그 수다쟁이 제이슨이 이 문제로 밤새워 토론을 한다 해도 이상하지 않았을 텐데 그는 입을 다물어 버렸지. 그리고 그는 흘낏 내 눈치를 좀 보고 고뇌하는 표정을 좀 짓더니 그 영상을 지워 버리는 것 같았어. 아마 따로 카피를 해 놨겠지 싶어.

골프공 주우러 간다더니 무슨 일 있었느냐고 다른 대원들이 물었지. 우리 둘은 입을 맞춘 것도 아닌데 동시에 이렇게 말했단다.

"아니, 아무 일도 없었어."

그 돔이 사라졌고 영상도 없으니 아무것도 안 남았다는 건 사실이야. 그럼 우리가 본 건 사실이 아니고 뭘까?

자려고 암만 기를 써도 그 돔 모양의 월석과 그 슬라이드 같은 장면들이 지워지지가 않더구나.

……커다란 유조차가 다가와. 거기엔 미키 마우스 인형이 운전석 앞에 달려 있지. 폭우가 몰아치는 가운데 어떤 음침한 부지에 플래카드가 펄럭거린단다. '깨끗하고 안전하고 값싼 원자력'이라는 글씨 위엔 노란 페인트로 해골 표시가 그려져 있고 이렇게 크게 써 있어. 'Fuck you!'

비바람이 불면서 들개인지 살쾡이인지 낯선 짐승들이 이리저리 날뛰고 길을 막자 피하려는 유조차가 옆 시설물을 들이박고 커다란 건물로 돌진해 버려. 빗속에서도 굉음을 내면서 창고가 폭발하고, 파편들이 사방에 날리고 새들이 푸드덕 날아가 버리고 개울의 물이 노랗게 변하고 있어……. 어디선가 몰려온 흰색 작업복과 방독면을 쓴 남자들이 콘크리트를 붓고 숲속의 토양을 모조리 박박 긁어 나르고 있어…….

정말 무서운 영화를 본 기분이란다. 저런 일이 일어날 리가 없겠지. 내가 영화를 너무 많이 봤나 보다. 그렇지?

나는 이제 빨리 귀환하기만을 기다린단다. 여기서 보는 지구는 눈물 나게 아름답지만 내가 사는 지구가 더 그리워. 엄마와 네가 보고 싶구나. 이제 아빠를 보면 너도 말을 할까. 다섯 살이면 귀찮을 정도로 종알거리는 때라는데 우리 루나는 늘 과묵하고 눈이 어딘가로 향해 있지. 혼자 알 수 없는 공식을 적고 있는 널 보면, 엄마는 슬퍼하지만 아빠는 그러지 않았어.

언젠가부터 아빤 알았지. 국가에서 이상한 검사를 종용하기 전에도 말이야. 루나야, 너는

보통 아이와, 다를 수 있단다.
어쩌면 아주 많이.

그리고 아빠는, 그게 더할 나위 없는 축복이라고 생각한단다. 이상하게도 널 볼 때마다 그런 생각이 들었어. 초끈 이론에 대해서, 또는 리처드 도킨스나 파인만이나 칼 세이건에 대해 질문하는 열 살 먹은 너를 보고 있는 기분이야. 이건 분명히 말하지만, 예감과는 다르단다.

정말 그런 미래를 기억하고 있는 듯한 기분.

뭐라 더 설명하기가 힘들구나. 시간상 모순이지만 이미 겪었던 것 같은 이 생생한 기분. 이해가 되니? 어쩌면 나는, 나도 모르는 사이에 아레시보에서 정말 새로운 외계의 언어를 습득했는지도 모르겠구나. 그 당시엔 자각을 못 했지만 내 안에 들어왔을 수도 있지. 내가 모르는 어떤 힘에 의해서 말이다. 그때 같이 작업했던 언어학자 한 명이 이런 말을 했었거든.

"우린 어쩌면 우주로의 방아쇠를 당긴 건지도 모릅니다. 아니, 물리학자들의 표현을 쓰자면 웜홀이 열렸달까요?"

네가 책을 베고 쌔근거리며 잠든 어느 날 밤, 엄마와 나는 고다 치즈에 스파클링 와인을 한잔 하며 달을 쳐다보고 있었다. 우리 거실에선 그날따라 달이 유난히 크고 밝게 보였어. 문득 네 엄마가 그랬지.

"달 위를 걷는 건 어떤 기분일까, 여보?"

그게 어떤 기분인지, 이상하게도 나는 알 것 같았단다. 적막하고 숭고한 어둠에 휩싸여 처연해지는 기분, 어릴 때 밤바다에서 둥실 거리며 수영하는 듯한 그 기분을, 나는 이미 겪은 것처럼 알 것 같았어.

그 이틀 뒤, 한국 항공 우주국에 다니던 동문 선배에게서 전화를 한 통 받았지. 그는 뜬금없이 내 최근 병력과 요즘의 이력, 우주 항공 캠프 연수 연도 등등을 시시콜콜 캐묻더라. 그 선배는 아주 중요한 세션이 있으니 꼭 참석해 달라고 했어. 그가 마지막으로 물은건 이거였단다.

"아 참, 필립. 너 혹시 충치 하나라도 있니?"

우주 비행사는 시력보다도 치아의 상태가 더 중요하단다. 그걸 내가 알 리가 없지. 아빠는 완벽한 치아를 갖고 있었고 일은 그렇게 또 시작됐단다.

루나, 나의 딸. 정말 보고 싶구나. 이제 정말 억지로라도 눈을 붙여야겠다. 굿나잇, 똥강아지.

*

방호복을 입은 남자들이 전기 충격기와 그물을 들고 위풍당당히 나타났다. 사람들은 모두 텔레비전 앞에 모여 그 광경을 지켜보았다.

베드로 아저씨가 중얼거렸다.

"너무 징그러워서 못 보겠다."

그 짐승은 털 없는 매끈한 몸뚱아리를 이리저리 부딪히며 강하게 저항했다. 그러나 여러 명의 공세에 당하지 못하고 결국 축 늘어져 포획되었다. 길이 2미터의 초대형 지렁이는 그렇게 화면에서 사라져 갔다. 지금까지 본 동물 중 가장 엽기적이고 선례를 찾아볼 수 없는 경우였다고 대장 포수는 인터뷰에서 밝혔다.

"저번에는 강아지만 한 쥐 떼가 나타났다고 하지 않았나?"

베드로 아저씨는 텔레비전을 끄고 아이들을 돌아보았다.

"맞아요. 쥐가 소를 물어 죽였대요."

"나도 인터넷에서 봤어요. 쥐가 젖소들을 습격해서 떼죽음을 당했대요. 그래서 농부들이 피투성이가 되고 절뚝이는 소들을 끌고 여의도로 와 시위도 했대요. 그런데 전경들이 십 분 만에 진압했고 팔순의 할아버지가 전경 방패에 찍혀서 몸이 으스러졌다던데요? 그때 부상자들이 이 병원에도 많이 실려 왔다고 했어요. 방사능 젖소와 농부들이라고. 루나 너는 하나도 못 봤어?"

노마의 말에 루나는 순간 베드로 아저씨와 눈이 마주쳤다. 언제인지 알 것 같았다. 하지만 말하지 않았다.

"병신 같은 정부 때문에 동물들도 죽고 사람도 죽는다고 그랬대! 너희도 들어 보지 않았어?"

루나는 노마가 좀 그만했으면 좋겠다고 생각했다.

"돌연변이 동물들이 자꾸 생기는 건 다 방사능 때문이래요. 일본 후쿠시마에는 정상적인 동물들이 반으로 줄었대요. 우리 정부도 아니라고 잡아떼지만 아무도 믿지 않죠? 그렇죠, 아저씨?"

노마가 한번 물고 늘어지기 시작하면 끝이 안 났다.

"그래, 그러지 않고선 이런 일이 생길 수가 없다는구나. 방사능이라는 게 꼭 귀신 같구나. 냄새도 없고 보이지도 않고."

"엄마가 그러는데 우리나라 어딘가엔 노란색 개울이 흘러서 동물들이 그걸 먹고 다 미쳐 버렸대요."

"⋯⋯."

"고양이가 쥐한테 벌벌 떨고요, 비둘기가 개를 공격하고 늑대가 자꾸 마을로 와서 여자들한테 아양을 떤대요. 독수리만 한 병아리가 할머니 허리를 부러뜨리고 까치가 아기 머리를 쪼았대요."

"그거 다 믿을 순 없어."

"지역 블로그에 올라온 건 내가 다 봤어. 그리고 머리가 세 개인 참새도 있고 지느러미가 없는 송어도 잡혔대."

"그렇다면 저렇게 텔레비전에 나왔겠지."

"방송국에선 다 쉬쉬한대. 내가 아는 블로그랑 카페들도 자꾸 털리는걸. 루머를 양산한다고 경찰 사이버 수사대가 들이닥치기도 했대. 아저씨는 제 말을 믿으시죠? 그렇죠?"

"……."

"기형 동물들은 눈에 띄는 족족 총으로 쏴 버리고 사진 찍은 것도 다 압수해 간대."

"……."

"그리고 그런 동물이 사는 근처엔 아픈 아기들이 많이 태어난대. 다리가 없거나 방광이 밖으로 튀어나왔거나."

"무서워."

"나도."

"그만해라, 노마야."

루나와 유니는 동시에 노마의 입을 손으로 막아 버렸다. 노마가 버둥대면서도 기어이 소리를 질렀다.

"어른들은 다 알죠? 그렇죠? 아는데 다들 모르는 척하는 거죠? 옛날에 내 상담 선생님이 우리 엄마한테 말하는 것도 들었어요. 우리가 이런 건 방사능 때문일 수도 있대요!"

아저씨는 이제 루나의 눈을 피해 멀리 어딘가를 쳐다보는 듯했다. 오늘따라 의수가 조이는 듯 자꾸 팔을 주무르기도 했다.

노마의 터질 것 같은 볼이 실룩대고 있었다. 루나는 그런 노마가 창피했다. 노마 바보 멍충이……. 차마 십장생이나 에이 식빵이라고 할 순 없다. 그냥 세모눈을 뜨고 노마를 흘겨볼 뿐이다.

다리가 없거나 기형인 사람들에 대해 쉽게 말하는 건, 흉보는 것과 다르지 않잖아. 그럼 베드로 아저씨는 기분이 어떻겠어. 병신같은 정부라는 말도 옳지 않아. 다른 사람들은 그런 말을 써도 우린 쓰면 안 되잖아. 노마는 왜 이렇게 쉬운 것도 모를까?

노마 곁에 있던 유니는 조용히 루나 곁에 다가와 아무 말 없이 루나와 눈을 마주쳤다. 유니도 같은 생각일 거라고 느꼈다. 유니가 작게 속삭였다.

"노마는 종종 저렇게 폭주해. 남들의 반응을 못 읽어."

루나도 안다. 하지만 우리는 배웠잖아. 보통 사람들과 살기 위해서는 신호를 읽을 줄 알아야 한다고. 사람들의 눈과 코 미간 입술의 움직임과 주름진 형태를 보고 그 의미를 익히고 배웠다. 선생님들이 시범을 보이면 아이들은 알아맞히기를 했다. 루나는 과학 시간이 더 좋았지만 선생님들은 과학보다 그게 훨씬 중요한 수업이라고 했다.

또 루나는 지정된 상담 선생님과 두 달에 한 번 집중 문답 시간을 가졌다. 루나는 늘 선생님이 원하는 대답만 했다. 선생님이 만족하지 못하면 일이 복잡해지기 때문이다.

아주 오래전에 한번, 어떤 친구에 대해 얘기해 보라고 했을 때 루나는 무심코 이렇게 말했다.

"걔는요, 도형을 던져 줘도 미분을 해야 할지 적분을 해야 할지 몰라서 오 분이나 끙끙대는 애예요. 그래서 제가 너는 그냥 사인값이나 풀어, 하고 가르쳐 줬죠!"

당시 상담 선생님은 보고서에 이런 내용을 올렸다.

'매우 오만함. 편협하게 세상을 재단하는 기질이 강하므로 교정을 요함.'

이 이야기를 하자 엄마가 루나에게 되물었다.

"근데 도대체 사인값이 뭐니?"

루나는 세상의 어른들이 그토록 무식하다는 데에 실로 충격을 받았다. 엄마는 상담 선생님도 그래서 기분이 나빴을 거라고 했다. 엄마는 루나에게 이렇게 당부했다.

"그러니까 선생님이 그런 걸 물으면 그냥 대답하지 마, 루나. 아니면 방긋 웃으면서 모르겠다고 해, 알겠니?"

상담 선생님들은 열 번이나 바뀌었고 그때마다 루나는 아라비안나이트처럼 똑같은 얘기를 반복했다. 모두 만족해했다.

올해 처음으로 루나를 맡은 상담 선생님은 특히나 열성적이었다. 새로 도입된 신경 치료를 받아 보는 게 어떠냐고 자꾸 엄마에게 전화를 해 댔다.

"나한텐 한 번도 그런 얘기 한 적 없는데."

노마가 볼멘소리를 했다. 노마는 아직도 상담 선생님과 만나면 지적당하기 바빴기 때문이다. 노마는 '매우 이기적이고 폭력적이며 예의를 망각하고 지나치게 몰입하는 경향이 있으며 식탐을 자제하지 못하는 복합적 중증 아스퍼거 증후군 아동'으로 분류되었다. 설명만 보면 노마는 완전히 괴물이었다. 실제론 평범한 뚱보 괴짜일 뿐인데.

"선생님한테는 대들면 안 돼."

유니가 충고했다.

"모자라 보이더라도 의견을 내세우지 마. 정 말하고 싶으면 선생님의 새 블라우스를 칭찬하거나 그래야 돼. 제일 중요한 건,"

유니는 루나를 쳐다보았다. 루나는 뒷말을 알 것 같았다.

"위험한 애로 보이면 안 돼. 그들은 관리하기 편한 애들을 좋아하거든."

살 때문에 잘 보이지도 않는 노마의 눈이 휘둥그레졌다.

"왜? 왜 날 관리하는데? 그 사람들이 나를 알아?"

루나와 유니는 입을 다물고 서로 다른 곳을 쳐다보았다. 그러다 유니가 조심스럽게 입을 열었다.

"우리 아이큐가 너무 높아서 그래. 우리가 돌고래랑 맞먹는 아이큐 70 정도였으면 이렇게까지 귀찮게는 안 했을 거야."

"아동 복지국은 원래 장애인하고 영재를 다 관리해. 우리들은 둘 다에 해당돼. 특별 관리 대상. 거기다 방사능에 취약한 요주의 대상이지.”

이젠 셋 다 할 말이 없었다. 노마가 문득 화난 듯이 말했다.

“근데 너희만 받으라는 그 치료법은 뭐가 좋은 건데?”

유니가 우물쭈물하며 대답했다.

“옆반에 민이라는 애 있지? 걔는 그 치료가 성공해서 일반 학교로 전학 갔어.”

“눈도 못 마주치고 사팔눈에 안짱다리로 걷던 애가?”

“맞아. 지금은 우릴 벌레 보듯 한대.”

“왜?”

“아주 번듯한 동네 양아치가 됐거든. 그 치료가 성공하면 과거의 자기는 다 잊는대. 정상인은 우리랑 안 놀잖아?”

노마가 갑자기 풀썩 주저앉았다. 그 통에 의자 다리가 휘청거렸다. 노마의 경련이 심하게 나타났다.

“그럼 너희도 그 치료 받으면 나랑 안 노는 거야?”

루나는 아니라고 대답했다. 유니는 아무 말도 하지 않았다.

그 치료법이라는 게 많은 변화를 가져온다는 건 알고 있었다. 무엇보다도 그 재미없는 상담 선생님들을 일생 동안 만나지 않아도 된다. 그리고 육 개월에 한 번씩 아동 복지국에 상태를 보고해야 할 의무도 사라진다.

“나는 아직 자격이 안 된대. 테스트를 한 번 했거든. 결과가 썩 좋지 않았어.”

"왜?"

"이런 문제가 나왔어. 이 별은 지구에서 33.1광년, 10.1파섹 떨어진 적색 왜성으로, 적어도 한 개 이상의 행성이 주위를 돌고 있다고 확인되었다. '늙은 원반 종족'의 일원인 이 별에 대해 논하라. 알겠니?"

루나는 무심코 대답했다.

"글리제 436."

"맞아."

유니가 루나를 보며 멋쩍게 웃었다.

"휴, 거 봐. 루나는 한 번에 붙을 거야. 나는 안 돼."

노마가 또 불쑥 끼어들었다.

"루나는 그런 치료 필요 없잖아?"

"왜?"

"루나는 원래 정상인과 비슷해. 우리랑 있으면 친구지만 정상인들과 있어도 친구 같아."

"노마야. 고맙지만 전혀 그렇지 않아."

루나는 쓸쓸하게 웃어 보였다.

"왜? 넌 우리랑 다른 게 많은데도?"

"뭐가 다른데?"

"음, 생각해 보자. 그러니까…… 아 맞아, 유머 감각! 넌 그게 있지만 우린 없어. 그렇지, 유니?"

유니가 고개를 끄덕거렸다.

유머 감각? 나한테 그런 게 있었어? 루나는 믿기지 않았지만 두 친구의 표정이 너무 진지해 내색하지 않으려고 애썼다. 목구멍이 시원하게 뚫리는 듯 기분이 좋아졌다. 공기가 가벼워지는 느낌이었다.

루나가 그 치료를 안 받기로 한 건 아빠 때문이다. 특수 학교로 옮기자마자 각종 테스트를 받고 나서 그 권유를 받았었다.

"잘 되면 평범하게 살 수 있대. 그래서 나중에 혼자 독립해서도 잘 살 수 있고 결혼도 자유롭대. 여보, 루나도 그럴 수 있다면 얼마나 좋겠어!"

엄마는 이미 반쯤 넘어가 있었지만 아빠에겐 어림도 없었다.

"서두르지 말자. 이런 건 잘못되면 우울증이나 신경 질환, 더 나쁜 합병증도 올 수 있어. 사례가 충분치 않아."

"당신 말도 맞긴 한데……, 루나 담임 선생님은 이게 라식 수술 같은 거래. 무서우면 아무것도 못 한다면서."

그 순간 아빠가 소리를 버럭 질렀던 걸 루나는 지금도 기억한다.

"뭐, 라식? 사람 뇌를 다 헤집는데, 겨우 라식 같은 거라고? 그 선생이 진짜 그랬어? 그 흔한 라식도 실패하는 사람, 몇 년 후에 원점으로 되돌아오는 사람, 부작용에 시달리는 사람이 얼마나 많은 줄 알아? 그런데 이런 중대한 수술을 라식하고 비교해?"

아빠가 왜 그리 화를 냈는지 루나는 잘 모른다. 결국 없던 얘기가 되었다. 루나 학교에서 그 치료를 받은 사람은 심한 중증 아동들이었다. 그게 성공했는지 실패했는지와 상관없이 아이들은 모두들 학교를 옮기거나 사라졌다.

더 악화된 아이 부모가 국가를 상대로 소송을 걸었다는 소문이 퍼지기도 했다. 루나 삼총사보다 더 상태가 좋았던 아이 하나가 침을 질질 흘리며 말도 못 하는 상태가 되어 시설에 들어갔다는 괴담이 돌았다.

성공한 여자애가 한 명 더 있긴 했는데 그 후 전학을 하고 오매불망 염원하던 걸그룹 지망생이 되어 피나는 연습을 하고 있다는 소문이 돌았다. 세상에, 걸그룹이라니. 삼총사에겐 너무나 먼 세상 얘기였다. 특히 그 세계를 염원하는 유니에겐.

"우린 그 치료를 받아도 친구로 지낼 수 있을 거야."

유니의 말에 노마와 루나는 고개를 끄떡거렸다. 루나는 솔직히 믿기지 않았다. 과연 그럴까?

"자, 너희들 수다는 다 끝났지? 이제 루나의 편지에 대해서 의논하자꾸나. 그거 다시 꺼내 봐라."

베드로 아저씨가 휠체어를 끌며 명랑하게 말했다.

"여기 있어요."

사실 편지라기보다는 전보에 가까운 문장이었다.

SGD LT 158-237ddr*2055.12

이 문장 바로 밑에는 바코드가 길게 찍혀 있었다.

"저흰요. 세계 1, 2차 대전에서부터 베트남 전쟁, 이라크 전쟁 등과 다른 국지전에 사용된 모든 암호 시스템에 다 돌려 봤어요. 기존의 현대 수학으로는 풀긴 힘든가 봐요."

"암호?"

베드로 아저씨는 씩 웃었다. 아주 기분 좋을 때 짓는 미소다. 좋은 징조다.

"그런데 너희들, 이거 그냥 지명이라는 생각은 안 해 봤니?"

"지명이라뇨?"

"서울의 동네 이름!"

"……."

"……."

"……."

"암만 봐도 서울의 지명을 영어 이니셜로 써 놓은 것 같은데. 내 비록 가방끈이 짧긴 해도 그 정도는 알겠다. 돌아다니면서 찾아보면 되는 거 아닐까?"

"저희는 학교랑 병원이랑 천문대 말고는 가 본 곳이 없어요. 전 15호선까지 있는 전철을 단 한 번도 타 본 적이 없는 유일한 서울애일 거예요."

"전 다섯 살 때 놀이공원 갔다가 트라우마가 생겼어요. 절대 가고 싶지 않아요."

루나가 제일 멀리 나가 본 건 아빠를 따라간 어느 시골의 펜션이었다. 조용하고 공기도 맑은 곳이었다. 바로 거기서 아빠는 바람 인형이 되었다. 그 이후 어딜 멀리 가 본 적도 없고 가자고 하는 사람도 없다.

"루나야, 너 표정이 안 좋다. 괜찮니?"

"……."

그 마을은 교과서에 나오는 20세기의 시골 같았다. 집들도 낡았고 기왓장을 이은 지붕도 보였고 들어가 보진 않았지만 아궁이에다 누룽지를 끓일 것 같은 풍경이었다. 공장이 지어지기 전까진 그렇게 고즈넉한 정취가 있었을 거라고 아빠가 말해 주었다. 식구들이 묵을 펜션만 동화처럼 예쁜 집이었다.

그때 갑자기 기상 변화로 거센 바람이 불어오지 않았다면, 전날 온 비로 나무랑 축대가 미끄럽지 않았다면…… 그리고 내가 그렇게 조르지만 않았다면…….

—아빠, 사람들은 다 나를 놀리고 내 유전자는 나를 조롱하는 것 같아요.

—그렇지 않아. 네 유전자는 굉장히 멋질 거야. 루나는 아빠 딸이잖니!

—제 맘대로 되는 건 하나도 없어요. 봐요, 연도 날아갔어요.

―자, 울지 말고. 아빠가 갖다 줄게. 우리 똥강아지, 울지 마.

―정말 갖다 줄 거예요?

―그래, 여기서 잠깐만 기다려. 알았지?

―네.

그때 아빠의 표정은 만화에 나오는 사람처럼 이상했다. 웃는 것 같기도 하고 우는 것 같기도 한 이상한 표정이었다. 그렇게 아빠는 축대 위, 나무 위로 천천히 올라갔다. 아빠가 내려다보며 한마디를 더 했다.

―기다려야 돼, 똥강아지.

루나는 이제 토할 것 같은 기분에 허리를 숙였다. 거북이처럼 등이 무거워졌다.

"루나, 정말 괜찮니?"

베드로 아저씨가 물었다.

"괜찮아요. 좀 안 좋은 기억이 났어요."

루나는 거북이 같은 등딱지가 없다고 상상했다. 유니는 정말 루나가 속이 안 좋은 줄 알고 등을 톡톡 두드려 주었다. 노마는 내 물 좀 먹을래? 하고 물통을 내밀었다. 친구들이 있어 루나는 정신을 차렸다. 친구란 단어를 떠올리니, 왠지 가슴 한편이 뜨뜻해진 느낌이었다. 루나는 고개를 빳빳이 들어 보였다.

아저씨는 뭐라 물으려 하다가 그만 가만히 있었다. 그 순간, 노마가 소리를 꽥 질렀다.

"맞다! 아저씨 말대로 이건 그냥 옛날 동네 이름 이니셜이었어. 세상에, 이렇게 단순하다니. 산수도 필요 없었어."

"그게 뭔데?"

"SGD, 이 이니셜로 나올 수 있는 서울의 동 이름은 여섯 개밖에 없어. 주소 체계가 바뀌기 전 주소로 말이야. 상계동, 신곡동, 성공동, 신길동, 그리고……."

"아니, 너는 어떻게 그런 걸 다 아니?"

"노마는 원래 저래요."

"나머지 두 개는 송강동, 소공동!"

"애개개, 너무 쉽잖아?"

"다른 경우의 수도 알아볼까?"

노마는 자기 휴대폰을 꺼내 검색창을 열었다. 그러나 베드로 아저씨가 옆에서 말렸다.

"노마야. 그럴 필요까진 없을 것 같구나."

"왜요?"

아이 셋이 합창했다.

"이건 그냥 소공동일 것 같은데."

"어떻게 아세요?"

"그냥. 서울에서 제일 번화한 곳이거든. 은행이랑 대여 금고랑 전당포들도 많고."

"전당포?"

"대여 금고? 그게 뭐예요?"

"그럼 LT는요?"

"그거야, 생각해 봐야겠지만……."

베드로 아저씨는 꼭 배부른 채셔 고양이 같은 표정이었다. 이렇게 거만한 표정은 본 적이 없다.

"소공동이면…… 롯데 아닐까? 제일 큰 백화점 이름을 그대로 따왔을 것 같은데. 롯데를 알파벳으로 쓰면 L, O, T, T, E 아니냐?"

"……."

아이들은 할 말이 없었다. 세 아이의 아이큐를 합하면 500이나 되는데도 그런 생각은 해 보지 못했다.

"그럼 뒤의 번호는요?"

"금고나 그런 것에 달린 키 번호겠지, 뭐."

"……."

"옛날 같으면 열쇠가 있어야겠지만 이 바코든가 하는 게 열쇠 아니겠니? 그냥 찍, 하고 누르면 통과되든가 열리든가 하겠지. 맨 뒤는 유효 기간 같구나. 안 그러냐?"

셋은 대답을 안 하고 가만히 있다가 서로 눈치를 보았다.

조심스레 입을 연 건 노마였다.

"아저씨, 원래 천재셨어요?"

5. 노래하던 새들도 지금은 사라지고

시민 공원 천문대 수위 장 씨는 보던 신문을 던졌다.

'괴수들의 출현'

이런 커다란 헤드카피 아래 거대 지렁이 사진과 발이 다섯 개 달린 강아지 사진이 실려 있었다. 오랫동안 떠돌던 소문들이 수면 위로 올라온 건 얼마 안 된 일이다. 사람 머리만 한 감자, 집채만 한 멜론, 1미터짜리 옥수수 등 식물들의 변종은 오래전부터 알려져 있었다. 방사능 유출로 생태계가 변하고 있었다. 태평양을 중심으로 해산물이 오염된 건 어제오늘의 일이 아니다. 미역국이나 갈치조림, 참치 회라는 말 자체가 낯선 단어가 되어 가고 있었다. 2011년 후쿠시마 사고 이후, 유럽과 중국 등지의 자잘한 방사능 누출 사고로 아이들은 밥상에서 그런 것들을 구경할 수 없게 되었다.

그 생태계에는 사람도 포함되리라는 건 당연했지만 모두 외면하려고 했다. 이제 걷잡을 수 없이 드러날지도 모른다.

장 씨는 귀를 기울여 보았다.

서울의 2급 안전 구역에 위치한 평범한 주택가. 대단한 청정 구역도 아닌 동네지만 여긴 새소리 벌레 소리가 들렸다. 참새, 까치, 까마귀, 울새, 비둘기에다 가끔은 북한산 쪽에서 뻐꾸기 소리도 들려왔다. 이게 정상인 것이다.

지난주에 장 씨는 선산 벌초를 위해 겸사겸사 고향에 다녀왔다.

고향은 남도의 강과 평야가 어우러진 풍광이 수묵 담채화처럼 은은하게 아름다운 곳이었다.

이십여 년 전 송전탑이 십여 개 들어온다는 풍문이 돌았을 때 사람들은 경운기를 타고 도청 소재지에 몰려가 드러누웠었다. 결국 송전탑 건설은 무산되었다. 아무리 세상 물정 모르는 촌로들도 그런 것이 들어오면 암 발생률이 높아지고 땅값이 떨어진다는 건 이제 다 알았기 때문이다. 그러나 점점 사람들이 도시로 빠져나갔다. 얼마 안 남았던 마을 노인들이 관광버스로 꽃놀이 갔다 큰 변을 당한 후 마을은 점점 더 쇠락하기 시작했다.

마을엔 소규모 화학 공장이 하나둘 들어오기 시작했다. 어느 날부터인가 정체를 알 수 없는 위험한 쓰레기장을 짓는다는 말이 들려왔다. 그게 방사능 폐기장이라고 확실히 말한 사람은 없었지만 다 그렇게 생각했다. 한전과 군청에서 시세의 세 배 가격으로 땅을 사들인다고 했다. 땅값을 챙긴 사람들은 수십 년을 같이 산 친지와 이웃들에게 인사도 없이 훌쩍 고향을 등졌다.

몇 안 남은 사람들, 장 씨의 부모 같은 사람들은 농지를 팔지 않고 버텼다. 군수와 이장과 한전 간부와 높은 사람들이 찾아와 설득을 하기도 했고, '알박기 해 신세 고치려는 고약한 노인네들'이라는 욕도 들었다.

왜 주민 투표도 안 하고 그런 위험한 공장을 짓느냐는 일부 사람들의 항의에도, 누구 하나 나서서 책임 있는 답변을 해 주지 않았다. 만일 주민 투표를 했다면 반대가 될 확률이 높았다. 원자력 발전소를 짓기로 했던 동해, 삼척이나 홍덕 같은 곳은 처음엔 지역 경제를 살린다는 명분으로 꽤나 우호적인 분위기였음에도 긴 논의 끝에 물 건너갔다. 일본 후쿠시마에서 일어난 원전 사고의 후유증이 불씨가 되었다.

2011년에 일어난 원전 사고는 충격적이었지만 시간이 지나자 그럭저럭 잊혔다. 그러나 몇 년 뒤 후쿠시마 주민들 중 암환자 발생이 크게 늘면서, 한국에도 직간접적으로 큰 영향을 미쳤다.

후쿠시마를 비롯한 일본 동부 주민들이 못 살겠다며 외국으로 빠져나가기 시작했다. 일명 '재패니즈 엑소더스'였다.

도쿄는 공동화 현상까지 일으켰다. 그들은 가까운 한국의 제주도와 경남 지역으로 집단 이주해 일본인 마을을 세웠다. 그 지역에선 세수가 는다며 환영하고 땅을 내주었다. 귀화도 했다. 그 외에도 필리핀, 베트남, 태국, 인도 등지로 일본인들은 떠나갔다.

일본은 후쿠시마 사고가 일어나자 모든 원자력 발전을 포기한다고 했었지만 새 정권에 의해 몇 차례 번복됐다. 그러다 결국은 전면 중단하기에 이르렀다.

원래 일본은 롯카쇼무라라는 어촌에 거대한 고준위 방사능 폐기장을 건립한다고 했었다. 그러나 그곳이 단순히 폐기만 하는 게 아니라 연간 800톤의 우라늄을 재처리해 4톤의 플루토늄을 추출하는 재처리 공장이라는 사실이 확인되자, 지역 내 반대 여론이 들끓기 시작했다. 그린피스와 일본 녹색당이 앞장섰다. 아무리 순종적인 일본 국민들이라도 많이 변하고 있었다.

그러고 나서 얼마 후, 어이없게도 똑같이 플루토늄을 추출해 내는 재처리 시설이 한국에 지어질 것이라는 기사가 나오기 시작했다. 한일 간의 채무 관계와 경제 문제가 얽혀서 그런 식의 합작이 이루어진다는 소문이 근거 있게 돌았다.

한국에선 한 번도 후쿠시마 같은 대재앙은 없었다. 그러나 그토록 많은 반대에도 불구하고 고리나 월성 등의 낡은 원전은 계속해서 재가동하고 있었다. 폐기물 처리장은 필수였다. 고리 근처에 위험도가 낮은 저준위 방사능 폐기물 처리장을 짓는 데도 십여 년의 세월이 걸렸다. 거기에 일본이 숟가락을 탁 얹은 것이다.

고리 근처에 지어진 것과는 비교도 안 되게 위험한, 고준위 방사능 폐기물 처리장은 비밀리에 지어지고 있었다. 사람들이 눈치채고 시민 단체들과 환경 단체가 들고일어났지만 소용없었다.

졸렬한 놈들⋯⋯. 장 씨는 자신도 모르게 손으로 신문을 구겼다.

일개 중학교 과학 선생이었지만 그게 얼마나 무시무시한 일인지, 안다. 도대체 뼈대는 숨기고 아주 일부만 간간이 보도된다는 게 더 무서웠다. 알려지면 국민 정서상, 지역 정서상 당연히 폐기하라는 여론에 부딪힐 것이다.

그게 무서워 정부는 한반도 네 군데에 나눠 동시다발적으로 공장을 짓고 철저히 비밀에 부쳤다. 그중 어느 곳이 가장 주요하게 재처리 시설이 가동되는 곳인지는 베일에 가려졌다. 장 씨의 고향 마을이 바로 그중 한 곳이었다.

장 씨의 아버지는 기어코 땅을 팔지 않고 돌아가셨다.

그린벨트에 묶인 선산이 하나 있었다. 친척들도 다 떠나 부탁할 사람도 없고 결국 부모 묘소를 옮길 수밖에 없어 이번에 힘든 결심을 하고 내려갔지만 결국 장 씨는 묘소에 약주 한 번 올리지 못하고 선산을 밟아 보지도 못한 채 와야 했다.

그 묘소는 일급 위험 구역이라 일반인이 들어갈 수 없는 곳이 됐다고 했다. 까다로운 서류 작업이 끝나면 그때 보안 요원과 함께 이장할 수 있다고 했다. 자식 된 도리로 그런 위험한 곳에 조상들 묘를 두고 오다니⋯⋯. 속이 미어졌다.

그 구역 담당 소장이라는 이는 타지 사람이긴 해도, 그나마 인간적으로 죄송하다는 표현을 쓰긴 했다.

"저도 별 힘이 없습니다. 저 하나 들어가려고 해도 몇 겹의 보안을 뚫어야 한답니다. 더 자세히 말씀드릴 순 없지만…… 포기하고 돌아가십시오. 신청서 작성해서 국토 해양부에 내시고요. 아마 언젠가는 답변이 갈 겁니다."

허탈한 마음에 장 씨는 선산 코앞에서 발길을 돌려야 했다. 기분 탓인지 아카시아 꽃과 밤꽃이 흐드러지게 핀 풍경이 왠지 모르게 을씨년스러워 보였다. 축축하고 끈끈한 기분이 드는 바람이다. 나무가 줄어들긴 했지만 숲은 전보다 푸르게 보였다. 그런데 뭔가가 이상했다. 탁 꼬집을 순 없지만 어딘가 달라져 있었다.

장 씨는 고개를 갸웃거리며 옆 마을에 살고 있는 사촌 동생을 찾아가기로 했다. 밀린 얘기도 나누고 고향 소식도 더 들어 보자 싶은 생각이 들었다.

배움이 깊지 못해 날품팔이를 하고 사는 사촌 동생의 집은 한 시간 거리에 있었다. 대개의 지방 소도시가 그렇듯이 일자리가 많지 않아 그 통제 구역에서 부부가 청소나 허드렛일을 한다는 소식은 들어 왔었다.

그동안 적조했다는 인사와 함께 집 안에 들어가니 제수씨가 푸석한 얼굴로 누워 있었다. 늦둥이를 낳았다는 소식을 그제야 듣고 장 씨는 너스레를 떨었다.

"늦둥이가 복덩이라는데. 동생은 능력도 좋구먼. 아이고, 제수씨 힘드셨겠네요. 그런데 왜 기쁜 소식을 알리지 않았나? 이 사람도 참…… 딸이라고 했나? 어디 우리 이쁜 것 얼굴 좀 보자꾸나.”

식구들 얼굴이 이상하게 어둡다 싶었지만 설마했다. 제수씨가 휙 나가 버리고 큰아이들은 쭈뼛거리며 눈치를 봤다. 장 씨가 아기 침대로 다가가 아이를 보려 하자 사촌 동생이 소맷부리를 잡아끌었다.

“형님…….”

병아리 그림이 샛노랗게 그려진 뽀송한 아기 이불 속에 애 얼굴이 보였다. 그런데 그제서야 비로소 기관 카테터와 비닐팩 등이 아기 침대 곁에 달려 있는 걸 깨달았다.

아기 얼굴은 여느 아이처럼 천사 같았다. 눈이 때꾼하고 입은 꼭 꽃봉오리 같았다. 간질간질한 베이비 파우더 냄새와 아기 냄새가 동동 떠다니는 듯했다.

그런데, 아이에게 뭔가 없었다.

코.

얼굴 한복판에 있어야 할 콧날과 콧구멍 두 개가 보이지 않았다.

놀라 할 말을 잃은 장 씨에게 동생이 한숨을 쉬며 말했다.

“애는 없는 게 그뿐만이 아니에요. 잠지도 없고 똥구멍도 없어요. 나중에 다 인공으로 만들어야 한다네요. 지금은 너무 어리다고 몇 년 있다 만들어 줘야 한답니다.”

지금은 한 시간마다 손으로 눌러서 오줌을 빼내야 한다고 했다.

굳은 얼굴의 애 엄마가 다가오더니 아이 몸을 들추고 관을 꽂으려 했다. 장 씨는 눈을 돌렸다.

장 씨는 뻘쭘한 큰아이들에게 지폐 몇 장씩을 들려 주고 동생과 함께 집 마당으로 나왔다.

"사람들은 그럽디다. 나라에다 소송을 걸어 보라네요. 근데 어디서 저희 같은 무지렁이 말을 듣겠어요? 제 몸이 지금 방사능 덩어리라고 해도 하나도 안 믿어 줄 텐데요!"

병원에선 처음에 전리 방사선 및 저준위 방사선에 관련된 기형이라고 했다가 나중에 말을 바꾸었다고 했다. 방사선과 관련 있음을 확증할 근거가 미약하다고 했다. 그리고 자기들 입장이 곤란하니 다른 병원으로 옮겨 달라고 부탁했단다.

이제 겨우 5개월, 5킬로그램도 안 되는 그 연약한 몸뚱이를 내쫓은 것이다. 부근에 종합 병원이라곤 그곳밖에 없었다. 결국 데리고 집으로 왔다고 한다.

"형님, 그렇잖아도 제가 한번 전화 넣으려고 했었습니다. 우리 친척 중에 저런 아이가 나왔다는 소리 들어 보신 적이 있나요? 없죠? 병원에서 가계도를 연구하면 분명 그런 사례가 있었을 거라네요. 내가 아무리 없다고 해도 믿질 않아요. 그 방사능 쓰레기장에서 우리 부부가 일만 안 했어도 이런 일이 없었다는 거, 지나가는 참새도 알 겁니다. 저는 삽으로 퍼 나르고 봉투에 담는 일을 했고 애들 엄마는 늘 무슨 걸레질을 왼종일 했었죠. 형님, 우리 막둥이는 나중에 여자 구실도 못하겠죠? 이 아이는 이제 어떻게 살죠?"

생각해 보니 사촌 동생은 이제 겨우 막 마흔을 넘긴 나이였다. 그러나 누가 봐도 그는 환갑 노인네였다. 피부가 졸아든 것처럼 거칠고 무엇보다도 머리숱이 눈에 띄게 줄어 있었다.

"나도 도움이 못 돼서 진짜 미안허이. 동생, 혹시 신문사 같은 데다 알리면 어떨까?"

소용없다고 했다. 이미 취재 온 인터넷 신문과 지방 신문 기자들이 있었지만 며칠 만에 기사가 다 내려졌다고 했다.

"그 병원 의사 선생 한 명이 슬그머니 얘기해 주더군요. 젊은 여선생이었는데, 비싼 변호사를 써서 한 방에 크게 터뜨려야 한대요. 자기가 본 아기들 중에 비슷한 애들이 몇 있었다는 겁니다. 그런데 암만 수소문을 해도 찾을 수가 없어요. 다 뿔뿔이 흩어진 건지. 목구멍이 포도청이다 보니 저도 거기에만 매달릴 수도 없고 결국 관뒀지요. 참, 군청에선 아기 지원금이라고 돈을 좀 쥐여 주더라고요. 둘째 때도 그런 건 없었는데. 쌀도 두 가마니나 갖다 주고요. 병원비도 특별 재난금이라나? 뭐 그런 걸로 해 줬어요. 나중에 인공 항문이랑 거시기 만들 때도 보조를 해 줄 테니 너무 상심하지 말라면서……. 아휴, 우리 형편에 그걸 안 받을 수도 없고……. 뭐 입 다물라는 소리란 건 저도 알아요, 안다고요."

장 씨는 그날 집으로 돌아와 악몽을 꾸었다.

콧구멍이 없는 아기, 몸이 자루처럼 생긴 작은 아이가 아저씨,

하고 달려왔다. 새벽에 꿈에서 깼을 때 장 씨는 넋이 나가 한참 앉아 있었다.

그리고 또 하나를 깨달았다. 조용하다 못해 기괴할 만큼 을씨년스러웠던 고향의 풍경, 뭐가 이상했는지 이제야 알았다.

고향의 숲에는 소리가 없었다.

당연히 들려야 할 새소리가 전혀 들리지 않았다.

그리고 무서운 게 하나 더 있었다.

고향의 숲에는 아무 냄새도 나지 않았다.

아카시아 꽃이나 밤꽃은 향이 짙어 안 맡으려야 안 맡을 수 없는 향이다. 그런데 분명히 아무 향이 나지 않았다. 미루나무 소나무 떡갈나무 참나무들이 풍기는 나무 냄새 풀 냄새 또한 전혀 나지 않았다. 그 숲에는 아무런 생명의 냄새가 풍기지 않았다.

어떻게 된 일일까. 코도 잠지도 없는 아기와 소리도 냄새도 없는 숲, 어느 쪽이 더 무서운 일인지 가늠조차 되지 않았다. 장 씨는 결국 그 새벽에 한숨도 더 자지 못했다.

"아저씨."

고개를 돌리니 삼총사가 여느 때처럼 서로 딱 30센티미터의 간격을 두고 나란히 서서 장 씨를 바라보고 있었다.

이 아이들은 어깨동무를 하거나 팔짱을 낀다거나 하는 건 상상도 못 한다. 줄자를 갖고 다녀도 저러지 못하겠다 싶을 정도로 늘 그 간격을 맞춰 걸어 다녔다. 신기한 녀석들, 장 씨는 자기도 모르게 빙그레 미소가 걸렸다.

"아저씨, 어디 아프세요? 얼굴색이 오줌처럼 노래요."

역시 셋 중에 루나가 제일 눈썰미가 있다.

"아니다. 별거 아냐. 요새 통 잠을 못 자서. 근데 오늘은 많이 늦었구나. 가만있자……. 아니 너희들! 대체 무슨 일 있는 게냐? 너희 어제 안 왔지? 저번 주에도 한 번 그랬고. 하늘이 무너져도 오는 녀석들이 무슨 일이 있는 게냐?"

"저희요, 정말 요새 파란만장해요."

"너무 피곤해서 집에 가면 푹 쓰러진다니깐요."

"루나의 편지를 추적해서 서울 곳곳을 돌아다녀요. 관광 온 것 같아요!"

아이들은 얼굴이 발그레하게 상기되어 있었다.

"베드로 아저씨는 의족이 있어서 걸을 수 있지만 그냥 휠체어를 타고 다녀요. 사람들은 굉장히 친절해요. 우리한테도 뭐라 안 그래요."

"아저씨는 일부러 양복을 입거나 멋지게 하고 다녀요. 그래야 사람들이 좋아한대요."

"저랑 노마는 길에서 망도 보고요, 아저씨랑 루나가 안심할 수 있게 지켜 줘요."

아이들은 서로 먼저 말하려고 다투기까지 했다.

"그래서 뭘 찾긴 한 거냐?"

이 말에 아이들이 조용해졌다.

"패턴은 알아냈어요."

"무슨 패턴?"

노마가 입을 오물거리며 말끝을 흐렸다.

"은행 대여 금고 번호일 거래요."

"그런데 어느 곳에 있는지를 몰라요."

"이해가 안 되는구나."

유니가 노마를 밀치고 앞으로 나섰다.

"왜냐하면 원래 그 번호를 갖고 있던 은행이 폭삭 망해 버려서 이 지경이 됐대요. 그러면서 갖고 있던 금고들이 여기저기 흩어지거나 다른 회사로 넘어간 거래요. 미리 알려 줬는데 그걸 뒤늦게 안 사람들은 일일이 찾아다녀야 한대요. 진짜 말도 안 되죠?"

장 씨는 그제서야 알아들었다.

일본에 본사를 둔 모기업이 소공동 한국 지사를 두고 있던 차에 도산해 버린 것이다. 세계 2위의 경제 대국 일본은 완만한 하락세에서 충격적인 하락세로 바뀐 지 좀 되었다. 중국에 동북아의 패권을 넘긴 건 어제오늘 일이 아니다. 일본 금융과 보험업계에까지 그 연쇄 부도의 여파가 밀어닥쳐 그 불똥이 여기까지 튄 것이다.

"저는 오늘 남방 유럽 천문대에서 새로 발견했다는 중성자별을 볼 거예요."

루나가 주머니에서 부시럭거리며 뭔가를 꺼냈다.

"뭔데 그러냐?"

"별의 좌표요. 49광년밖에 안 떨어져 있어요."

"오호!"

정말 신기한 아이들이다. 저런 걸 어떻게 알아냈을까.

루나가 천문 관측관으로 들어갔지만 웬일인지 노마와 유니는 그대로 앉아 있었다.

"너희들은 왜 그러고 있냐?"

"전 다리가 끊어질 것 같아요. 그냥 집에 갈까 봐요."

"저는 이미 봤거든요. 저도 내일을 기약하고 오늘은 일찍 가려고요."

장 씨는 피식 웃고 말았다.

늘 집에서 보호만 받고 스스로도 늘 정해진 자리를 벗어나지 않았던 아이들이 드디어 탐정놀이에 맛을 들인 것이다. 아무리 특출해도 애들은 애들이다. 친구들과 함께 우르르 몰려다니며 뭔가를 캐는 재미가 오죽 쏠쏠할까.

"그런데 말이다."

장 씨는 일부러 남들 눈치를 보듯 한쪽 손으로 입을 가리며 물었다. 일부러 애들을 더 흥분시키려고 하는 액션임을 아이들은 알 리가 없을 것이다.

"도대체 그 편지는 누가 보낸 거냐? 나는 정말 그게 궁금한데."

두 아이는 도리질을 했다. 영판 다르게 생긴 두 아이지만 도리질의 각도와 속도까지 똑같았다.

"그럼 너희들은 그것도 모르는 채 이제껏 따라다니는 거냐?"

두 아이는 또 똑같이 고개를 끄덕끄덕했다. 유니가 자신 없는 목소리로 입을 열었다.

"편지에 발신자가 원래 안 써 있었어요. 그래도 혹시 몰라 오늘도 은행 아저씨들한테 베드로 아저씨가 물었어요. 그런데 대행인이 보낸 걸로만 추측된대요. 소인은 망하기 전 은행에서 찍혔고요. 거기서도 서명에 K가 들어간다는 것만 안대요."

"흠……"

"은행에선 루나가 수신자 본인이라는 것만 중요하게 생각해요. 그래서 루나는 요즘 주민 등록 등본을 갖고 다녀요."

"나는 말이다. 만에 하나, 아주 질 나쁜 장난이거나 사기일까 봐 걱정이 돼서 그래. 아무래도 루나 어머니한테 알리는 게 좋을 텐데."

"베드로 아저씨가 있잖아요! 루나가 엄마한테 말하면 가만 안 뒀대요! 그리고 루나가 화장실 갔을 때 아저씨가 그랬는데요……"

장 씨는 침을 꿀꺽 삼키며 다음 말을 기다렸다.

"루나는 아빠랑 관계된 거라고 철석같이 믿고 있대요. 안 그러면 루나가 이렇게 열심일 수가 없대요."

역시 그랬군.

"너희 생각도 그러니?"

"……."

저 먼 안드로메다 은하의 수천억 개 별 이름을 외워 보라 해도 할 수 있는 아이들이지만, 바로 곁 친구의 마음을 헤아리는 일은 어려워했다. 사실 정상적이고 원숙한 성인들이라 해도 남을 이해하고 배려하는 건 쉽지 않다. 오히려 할 수 있어도 안 한다. 반면 이 아이들은 사심이 없다. 꾀를 부리거나 친구의 뒤통수를 친다거나 하는 건 상상도 못 할 일일 것이다.

장 씨가 삼총사에게 너그러운 건 이 아이들의 세계가 투명하기 때문이다. 또래 애들은 벌써 꼼수를 쓰고 잔머리를 굴리며 사람을 대한다. 그 아이들은 눈치도 없고 바보 같은 찐따라며 삼총사를 무시하곤 했다. 삼총사에게 시비를 걸고 가방을 뺏고 특히 여자아이들이 수치심을 느낄 비열한 장난을 치는 걸 장 씨가 몇 번이나 잡아 혼내 주었다. 그런다고 장 씨를 별로 무서워하지도 않았다. 어차피 보통의 그 나이대 아이들은 별 같은 데 관심이 없었다. 몰래 숨어서 본드를 불거나 술을 마시려고 공원의 사각지대를 찾을 뿐이었다.

이 삼총사같이 순수하게 별을 사랑하고 물리학을 간절히 탐구하는 아이들은 사십 년간의 교직 생활에서도 거의 보지 못했다.

"베드로 아저씨가 그러는데요."

유니가 조심스레 말을 걸었다.

장 씨는 이 꼬마 숙녀가 제일 안쓰러워 보였다. 다른 두 아이는 나름대로 자기 세계에 안정적으로 착지한 느낌이라면 유니는 늘 불안정했다.

노마만 해도 그렇다. 아이들이 뚱돼지 지진아라고 여럿이 노마에게 뭇매를 가하던 날, 장 씨가 황급히 말리며 아이에게 다가가자 노마는 이랬다.

"괜찮아요 아저씨! 저는 실망하지 않아요. 저런 애들에 대한 기대치는 굉장히 낮거든요. 저런 애들의 행동 반경에 대한 패턴을 공식으로 만들어 놨는데 오늘 방심했어요. 2777년 1월 1일이 무슨 요일인지 맞혀 보라고 해서 대답했더니 거짓말하지 말라며 저러네요. 기분 나쁘대요. 저에 대한 주변의 기대치의 공식, 알려 드릴까요?"

눈두덩이가 멍들고 찢어지고 피떡이 된 얼굴로 아이는 웃고 있었다. 정말 웃고 싶어 웃는 건지는 모르겠다. 아니 입은 웃지만 눈은 울고 있던 것 같기도 하다. 실처럼 작은 눈매지만 잠깐 습기가 차오르는 걸 보았다. 한두 번 겪은 일이 아니구나 싶었다.

장 씨는 응급 처치로 반창고를 붙여 주었다. 빨리 병원에 가 소독하고 꿰매야 할 것 같아 엄마 전화번호를 물었지만 아이는 증권 회사에 다니는 엄마에게 지금 전화하는 건 미친 짓이라며 버텼다.

"엄마는 저 아니면 이혼 안 했을 거래요. 이혼은 정말 쉣이래요.

그러니까 전 되도록 엄마를 귀찮게 하면 안 돼요. 그리고 엄마는 제 아이큐보다 제 맷집이 더 자랑스럽대요!"

자릴 비울 수도 없고 어쩌나, 하고 있는데 갑자기 어떤 밤톨만 한 아이가 톡 튀어나왔다.

"제가 병원에 데리고 갈게요. 어차피 저는 병원 갈 예정이었거든요."

그 아이가 루나였다. 같은 학교에 다니지만 노마와는 말도 안 해본 사이라고 했다. 루나는 자기보다 몸집이 두 배는 되어 보이는 노마를 낑낑대며 부축해 사라졌다.

그리고 다음 날, 아이는 장 씨에게 와 이렇게 얘기했다.

"아저씨, 제가 유튜브에 뭘 좀 올렸는데 여기가 배경이거든요. 정확히 여기 천문대란 건 알 수 없게 다 지웠어요. 그럼 상관없겠죠?"

노마를 집단 폭행한 아이들이 찍혀 있는 영상이었다. 노마의 얼굴은 잘 보이지도 않았다. 교묘히 편집이 되어 때리는 아이들의 불량함과 역겨움이 실제보다 더 도드라지는 작품이었다. 그 아이들은 선명하게 클로즈업되어 있었다.

"야, 이 좆만 한 새끼 봐라, 우릴 멍청하다고 야리는 거야 뭐야……. 이 새끼 살 봐라, 아우 토 나와……. 너 그렇게 머리 좋다며? 그럼 2777년 1월 1일이 무슨 요일인지 한번 맞혀 봐, 그런 건 모르지? 이 ××, ×××야, 너 지금 우리 무시하는 거지, 그렇지?

이거 진짜 괴물 아냐? 너 같은 새끼 낳은 네 에미가 불쌍하다, 씨
방새야. 이 새끼 호모 같아. 야 너 ××으로 해 봤지? 하긴 너 같은
놈한테 누가 덤비겠냐?"

이 영상으로 그 자랑스러운 불량 중딩들은 정학을 당했다고들
했다. 나중에 장 씨는 루나에게 물었다.

"도대체 어떻게 이런 생각을 했니?"

"저한테 훌륭한 친구가 있는데요, 이런 일이 있었다고 얘기했더
니 이렇게 해 보라고 귀띔해 주던걸요."

"혹시 어른이냐?"

"네, 다들 베드로 아저씨라고 불러요. 세상의 나쁜 놈들을 위해
기도하시는 분이죠."

"무슨 일을 하는 양반인데?"

"전에는 자동차 정비공이었는데 지금은 전업 환자예요."

"……."

"참, 아저씨는 두 손 두 발이 다 잘렸어요. 그런데 가짜 손 가짜
발을 가진 이후에 더 믿음이 생기고 지혜가 생겼대요. 두 손 두 발
이 없다고 다 현명해지는 건 아니죠? 그렇죠?"

"이거 참."

"제가 어려운 질문을 했나요? 엄마는 제발 어른들에게 질문 좀
하지 말래요. 어른들이 뭐라고 하면 그냥 이렇게 모자란 애처럼 실
실 웃으랬어요. 가공하게 무식한 어른들을 만나면 전 경련을 일으

켜요! 아저씨도 제가 이상해 보이나요?"

"아니 그렇지 않단다. 근데 누가 병원에 계시니?"

"우리 아빠요."

"많이 편찮으시니?"

그러자 아이의 얼굴이 급격히 어두워졌다. 그 옆에는 자주 붙어 다니던 주근깨투성이의 키 큰 여자애가 서 있었다. 그 애가 소심하게 입을 열었다.

"아저씨, 아빠 얘길 하면 루나 마음이 아파요."

"미안하구나. 그러려고 한 건 아닌데."

"루나 아빠는요, 천체 물리학자면서 달에도 갔다 온 사람이에요."

"진짜니? 아니 그렇게 대단한 사람이 있어?"

"그럼요. 초고온 전도체를 개발해서 핵융합을 연구하는 일도 해요."

"거기다 핵융합 과학자라고! 야, 록스타보다도 멋진걸!"

"그런데 사고로 지금 누워 계시죠. 아무도 못 알아봐요."

"……."

"루나는 일주일에 다섯 번 병원에 가요. 아빠 보러."

유니는 그렇게 말하며 루나를 힐끔 돌아보았다. 필요 이상으로 눈치를 보는 게 습관이 된 아이 같았다. 그래서 더 눈이 튀어나와 보이는지도 모른다.

언젠가 장 씨는 두 아이에게 너희는 나중에 커서 무엇이 되고 싶으냐고 물은 적이 있다.

루나는 잠시 고민하더니 이렇게 대답했다.

"원래는 칼 세이건 같은 만능 과학자가 돼서 화성 목성 토성 탐사도 가고 이것저것 다 하고 싶었는데요, 생각이 바뀌었어요. 그냥 리처드 도킨스 같은 성질 더러운 과학자가 되는 게 더 좋을 것 같아요. 정말 그 사람의 말투가 맘에 들어요. '인간은 생존 기계다!' 어때요?"

유니는 간단하게 마리 퀴리 같은 노벨상 수상자가 되고 싶다고 말했다.

그러나 집에 가기 전 유니는 장 씨에게 다가와 이렇게 고백했다.

"전 사실 하이디 클룸 같은 여자가 되고 싶어요."

"그게 누구냐?"

"진짜 유명한데, 모르세요? 쭈그렁 할머니가 돼서도 빅토리아 시크릿 쇼에 나오는 슈퍼모델이에요. 최연장자죠. 진짜 진짜 빅 스타예요."

"그렇구나. 대단한 할망군데!"

"저도 불가능하다는 거 아는데……."

"아니 왜 그런 소릴 하냐? 너는 키도 크고 날씬해서 그럴 수 있을 거야."

"아저씨, 저는 제 주제를 잘 알아요."

"……."

"이거 절대로 애들한테 말하면 안 돼요. 약속이에요!"

"알겠다."

그리고 얼마 후 노마가 폭행을 당하고 난 며칠 뒤부터, 루나는 노마도 무리에 끼워 주었다. 그렇게 해서 삼총사가 결성된 것이다. 어쩌다 오던 공원 천문대에 셋은 세트로 뭉쳐서 일주일에 일곱 번씩 왔다. 컨디션이 좋으면 여덟 번 아홉 번도 왔다.

"아저씨."

유니가 장 씨를 계속 불렀다. 이 꼬마들과의 추억에 잠겼던 장씨는 고개를 들어 아이를 보았다.

"베드로 아저씨가 그러는데요, 어쩌면 루나 아빠는 무슨 큰 수술을 받을지도 모른대요. 그러기 전에 루나는 편지의 비밀을 꼭 풀고 싶어 해요."

"그렇구나. 그래, 그럴 수 있겠구나."

"모르겠는 게 있는데요, 왜 루나 엄마나 어른들한테는 그런 편지가 안 왔는데 루나한테만 온 걸까요?"

장 씨는 잠깐 하늘을 한번 올려다보고, 그게 말이다, 하고 말을 멈췄다.

하늘을 보는 그 순간, 얼마 전에 보고 온 사촌네 아기가 문득 떠올랐다. 하늘은 다 똑같은 하늘이다. 고향의 하늘도 여기처럼 높고 푸르렀다. 그런데 왜 이런 믿을 수 없는 일들이 벌어지는 걸까. 믿을 수 없는 인간들……. 아이들은 그런 세계를 아직 모른다.

"꼭 어른들이라고 뭐든 다 알고 현명한 건 아니잖니. 루나를 잘 아는 사람이라면 믿고 맡겨도 된다고 생각했을 수 있지."

"어떻게요?"

장 씨는 한숨을 한 번 쉬고 자리에서 일어났다. 너무 오래 아이들이랑 노닥거렸다. 공원 소장이 그렇잖아도 요새 잔소리가 많아졌다. 이러다 언제 잘릴지 모른다. 장 씨는 빗자루를 찾아 두리번거렸다.

"얘들아, 나도 젊을 땐 이런 말이 이해 안 됐지만 말이다. 너희는 어른들만큼 많은 걸 알지 못하긴 해도, 하지만 그게 꼭 중요한 건 아니거든. 루나 아빠는 보통 사람들하고 좀 다른 분 같구나. 루나도 그렇고. 루나와 아빠 같은 돈독한 관계라면 말이다. 아니, 돈독하다는 말로는 좀 부족하고 뭐랄까, 아주 특별한 부녀지간이었잖니? 맞지? 그러니 그런 편지가 남겨질 수도 있겠지."

노마가 불쑥 끼어들었다.

"그런데 그게 대체 누군데요? 그걸 잘 아는 사람이 보냈다면 누구죠?"

장 씨는 모퉁이에 있는 빗자루를 찾았다. 손에다 침을 퉤퉤 묻히고 그는 비질을 시작했다. 그러고는 심드렁하게 말했다.

"글쎄다. 그걸 그렇게 잘 아는 사람이 도대체 누굴까?"

루나가 집 앞에 왔을 때 기름기 의사가 막 나오고 있었다. 그는 여지없이 루나에게 친한 척 등을 두들겨 대고 볼을 꼬집었다. 볼 꼬집는 거 안 좋아한다고 전에 분명히 경고했는데 또 이런다. 대책이 없는 인간이다.

"어이 루나, 오늘도 별 보고 왔나? 너무 별만 보는 거 아냐? 어릴 땐 이것저것 다 해 보는 게 좋은데."

이럴 때를 대비해서 기억해 둔 주옥같은 단어들이 주루룩 떠올랐다. 왕재수, 니미럴, 또라이, 에이 식빵, 에이 십 원…….

마음 같아서는 바로 에이 십장생,을 확 지르고 싶었지만 차마 그럴 수 없었다. 바로 뒤에서 매의 눈으로 쳐다보는 엄마 때문이었다. 기름기는 루나에게 한참을 알랑거리다 별 소득 없이 떠났다.

"너, 허구한 날 왜 늦는 거니?"

엄마가 팔짱을 끼고 목소리 톤이 높아졌다. 한판 해보자는 거야, 라는 포즈다.

"아빠한테 갔다가 천문대 갔다 오고, 맨날 똑같은데요."

"거짓말하지 마. 아빠 병실엔 올라오지도 않았다면서. 외할머니가 너는 며칠 동안 구경도 못 했다고 했어. 도대체 베드로 아저씨랑 어딜 그렇게 쏘다니는 거니? 아니긴 뭐가 아냐, 할머니가 다 봤다는데! 그 아저씨가 그렇게 좋니?"

외할머니, 이 내부의 적……. 루나는 부르르 떨었다. 지난주에 팩소주를 세 개나 사다 바치며 절대 엄마한테 말하지 말라고 부탁했건만 결국 엄마한테 다 이른 것이다. 배신자!

"엄마는 왜 베드로 아저씨를 싫어하는데?"

"싫어하는 게 아니라 네가 아저씨한테 폐를 끼치잖니?"

"아닌데. 아저씨는 나랑 있으면 즐겁다는데. 내가 재밌다고 했어. 엄마가 저 의사 아저씨랑 있으면 즐거워하는 것처럼."

어머 어머 어머, 지금 무슨 소리 하는 거니, 하더니 엄마는 기막혀하는 표정을 지었다. 루나는 절대 그런 것에 속지 않는다. 물건값을 깎거나 흥정을 하거나 시비가 붙었을 때도 엄마는 저런 표정을 짓는다. 완전히 자기가 피해자인 척하기!

"엄마는 아빠한테 일주일에 한두 번밖에 안 가잖아."

"엄마가 노니? 회사에도 가고 살림도 하고 일이 많잖니?"

"……"

"루나야."

엄마는 목소리를 낮추고 식탁 의자에 앉아 루나 얼굴을 올려다보았다.

"처음 아빠가 병원에 실려 왔을 때 기억나니? 처음에 엄마 옆에 있다가 외할머니 따라서 일주일 가 있었잖아. 그때 엄마는 아빠 수술받는 것도 보고 중환자실에 있으면서 아빠가 깨어나길 기다렸잖아. 다른 환자들은 수술 끝나면 하나둘 정신이 나는데 아빠는 암만 기다려도 깨어나지 않았지. 엄만 너무 지쳤어. 그래서 잠깐이라도 편하게 잠 좀 자고 가려고 외할머니 집에 갔을 때 네가 엄마에게 달려와 이랬어. '엄마, 아빠는요? 아빠 혼자 있으면 무섭지 않을까요?' 그 말을 들으니 도저히 눈을 붙일 수가 없었지. 네 말대로 엄마도 없는데 아빠가 깨어나면 어떡하나 싶어서 그길로 다시 병원으로 왔지.

보호자 대기실이라는 더럽고 시끄러운 데서 또 그렇게 몇 주를 견뎠어. 엄마는 말이야, 아직도 그때가 제일 무서워. 처음 병원에 실려 온 아빠를 봤을 때도 놀랐지만 그래도 참을 만했어. 수술이 끝나고 나니까 아빠 얼굴이 점점 풍선처럼 부풀어서 헐크처럼 변했지. 그 얼굴을 차마 너한테 보여 줄 수는 없었단다. 루나에게 아빠는 여전히 잘생긴 영웅인데, 그렇지? 엄마는 아빠가 깨어나서 루나야, 어디 있니? 하고 부를 거라고 믿어 왔어. 알지?"

엄마가 또 운다.

엄마가 슬프다는 건 알지만 루나가 보기엔 엄마는 '병원'이나 '아빠'라는 단어가 나오면 자동으로 눈물이 나오는 인형 같았다. 루나는 전혀 눈물이 안 나기 때문에 그런 엄마를 보면 아주 피도 눈물도 없는 파렴치한 아이가 된 기분이었다. 실제로 처음 병문안 온 사람들은 흐느끼는 엄마와 무표정한 루나를 번갈아 보며 그런 생각을 했을 것이다.

루나는, 엄마 혼자 모든 슬픔을 가진 것처럼 보이는 게 싫었다. 루나도 가슴이 아프고 아빠가 보고 싶고 등이 딱딱하고 무겁고 목구멍이 따끔거리고 딸꾹질이 날 것 같지만 참고 있다. 엄마는 그걸 왜 못 참지?

아빠가 사고 난 이후 루나의 뇌 한구석에는 '아빠'라는 폴더가 새로 생겨서 스물네 시간 열려 있는 기분이었다. 한시도 잊은 적이 없다. 너무 보고 싶어서 그 폴더를 닫을 수가 없었다.

그런데 왜, '루나 넌 하나도 이해 못 하는구나.' 하는 표정으로 엄마는 이런 얘길 하는 걸까.

"루나야, 에미가 너만 아니었으면 이 세상 하직할 뻔했단다. 네가 엄마를 이해해야 돼. 에미는 너랑 많이 다르단다."

외할머니가 이렇게 말해 주지 않아도 루나는 알고 있었다.

아빠가 사고 난 지 몇 주 후인 어느 날 밤이었다. 루나는 자다가 이상한 느낌에 눈을 떴다. 원래 루나는 자다가 깰 때가 많았다. 그러면 루나는 침대에서 벌떡 일어나 아빠에게로 갔다. "아빠, 자다 깼어요." 그러면 늘 밤늦게까지 서재에서 일하던 아빠가 루나를 안고 방에 데리고 가 다시 재워 주었다.

"우리 똥강아지 무슨 꿈을 꿨나? 이제 잊고 새로 자자. 우리, 양을 세 볼까?"

아빠는 이렇게 루나가 잠들 때까지 양을 셌다. 양을 33,345마리까지 센 게 최고 기록이다. 한 시간 이 분 사십 초나 걸렸다. 그래도 아빠는 곁에 있어 주었다. 아무리 무서운 꿈을 꾸고 새로 잠이 안 와도 아빠는 루나보다 먼저 잠든 적이 없었다.

그런데 그날 밤은 이상했다. 방 안이 썰렁했다. 거실로 나와 보니 바람 소리가 휭 하고 들려왔다.

가을이라 창문을 열고 자진 않았다. 안방으로 가 보니 엄마가 없었다. 거실 베란다로 다가가니 엄마가 보였다.

엄마는,

루나는 그때 광경을 다시 떠올려 보았다.

엄마는,

아파트 베란다 난간에 다리 한쪽을 걸치고 올라가 있었다.

엄마는 멍한 표정이었고 아슬아슬하게 보였다.

루나는 숨이 막히는 기분이 들었다. 어떻게 해야 할지 머리가 돌아가지 않았다. 거실 테이블 위에 술병이 있었고 슬리퍼나 담요, 전화기 따위가 어지럽게 널려 있었다.

루나는 엄마를 부르기로 했다. 아무것도 모른다는 듯이. 하지만 목소리는 갈라져 나왔고 가슴이 콩당거렸다.

"엄마, 자다 깼어요."

엄마가 처연한 얼굴로 루나를 돌아보았다. 가만히 보니 엄마 눈이 퉁퉁 부어 있었다. 엄마는 잠시 후 다리를 내리고 그림자처럼 소리 없이 거실로 돌아왔다. 그리고 루나를 꼬옥 안으려 하다가 루나가 뒤로 물러서자, 아 그렇지, 하며 거실 바닥에 앉았다.

"미안해, 루나야."

엄마는 그러면서 눈물을 뚝뚝 흘렸다.

루나는 생각했다. 나도 엄마를 안아 줬으면 좋겠어.

아무 말도 하지 않고 루나는 엄마 곁에서 가만히 웅크리고 앉았다. 몇 분이 지나자 엄마는 바닥에 쓰러져 잠이 들었다. 자면서도 엄마 얼굴에는 눈물 줄기가 흘러 목을 지나 옷을 적시고 있었다. 루나는 엄마의 얼굴에 바람을 호호 불어 주며 눈물이 마르길 기다렸다. 하지만 눈물은 쉽게 마르지 않았다.

그러자 루나는 엄마가 먹다 만 술병을 가지고 부엌으로 가 다 쏟아 버렸다. 부엌과 냉장고, 곳곳에 있는 위스키나 맥주나 와인 병을 모두 모아 쓰레기통에 갖다 버렸다. 엄마한테 혼날지도 모른다는 생각이 들었지만 무섭지 않았다. 할 수만 있다면 이 세상의 술병을 전부 갖다 버리고 싶었다.

거실로 와 보니 엄마의 눈물은 이제 다 말라 있었다. 루나는 안심하고 안방으로 가 이불을 질질 끌고 와서는 엄마에게 덮어 주었다. 루나의 이마에 땀방울이 송골송골 맺혔다. 오한이 느껴져 거실 창문을 닫고 베란다 창문을 닫으려고 했지만 키가 작아 손이 닿지 않았다. 그러다 문득 하늘을 보니 달이 보였다. 보름달에 가까운 둥근 달.

달.

달이라니.

바로 저 달에 우리 아빠가 갔다 왔어. 우리 아빠는 과학자고 달에도 갔다 온 우주 비행사라고, 동네 애들에게 자랑했을 때 애들은 믿지 않았다.

"말도 안 돼, 그렇게 멋있는 아빠는 없어! 그건 그림책에나 나와! 그리고 그런 사람이 왜 하필 너네 아빠겠니?"

루나는 아빠가 달에 갔다 온 얘기를 상세히 알고 있었다. 그런데 아빠는 뭔가 재미있는 얘기를 말하지 않고 아껴 두는 것 같았다. 그게 뭘까. 아빠한테는 도대체 어떤 일이 있었던 걸까.

그리고 문득 루나는 아빠를 만나면 다시 묻고 싶어졌다.

저 달 위를 걸을 때 아빠는 어떤 기분이었다고 했죠?

그러면 아빠는 뭐라고 대답할까.

"루나야."

엄마가 루나를 쳐다보고 있다. 눈물 줄기가 마르게 호호 불어 주어야 했던 그 엄마, 지금 엄마는 그때만큼 불쌍해 보이지 않는다. 결혼반지도 언젠가부터 끼지 않는다. 루나는 다 알고 있다.

"아빠는 위험한 수술을 받을지도 몰라. 그게 잘되면 옛날의 우리 아빠로 돌아올 수 있대."

"알아요. 그런데 옛날하고 다른 아빠일 수도 있다면서요?"

"그렇대. 성격이 달라지고 기억 못 하는 게 많아질 수 있대."

"제가 잠에서 깨면 양을 세 주지도 않고, 피보나치 수열도 모르고, 연날리기도 못할 수 있어요?"

"그렇단다."

"달에 갔다 온 기억도 없어지고요?"

"그래."

"젤리빈을 코에 넣지도 않고요?"

"……."

"저는 이해가 안 돼요. 그런 아빠가 어떻게 같은 사람이에요? 그건 아빠가 아니잖아요!"

"……."

"그럼 엄마랑 결혼한 것도 기억 못 하고 절 기억 못 할 수도 있잖아요."

"기억이 점점 돌아올 수도 있대."

"그래도 엄마랑 나를 좋아하지 않을 수도 있겠네요. 엄마가 똑똑하지 않다고 싫어하고, 나는 장애가 있다고 미워하고."

"……."

"그게 아빠가 맞아요? 그래도 아빠는 행복할까요? 진짜로 엄마는 그렇게 생각해요?"

"루나야, 그런데 말이야. 이 수술 없이 아빠가 회복될 가능성은 거의 없대. 아빠가 저 상태로 그냥 있으면 좋겠니?"

루나는 고개를 흔들기 시작했다. 처음엔 도리질로 시작했지만 지금은 멈출 수 없다. 오랜만에 온 심한 경련이었다. 생각하기 싫었다. 무서운 생각은 머리에서 쫓아내고 싶었다. 이런 얘길 하는 엄마도 싫었다. 수술하라고 엄마를 설득하러 온 기름기 의사도 싫고 바보같이 누워서 엄마와 나에게 이런 걸 생각하게 하는 아빠도 싫었다. 아빠를 그렇게 만든 바보 같은 연도 밉고 바보 같은 나무도, 축대도 미웠다. 제일 밉고 바보 같은 건 루나, 자신이었다.

태어나지 말았어야 했어.

내가 없었으면 모든 게 달라졌을 거야. 이상하게 태어나서 세상을 이상하게 만든 건 바로 나야, 나는 나쁜 아이야, 계속 그런 생각이 들었다.

엄마는 계속 말하고 있었다. 엄마가 내 속에 들어와서 날 이해해줬으면 좋겠다. 그런데 그건 힘들 것 같다.

"만일 저 상태로 두면 아빠는 얼마 살지 못한대. 그러면 엄마는 너무 미안하고 속상할 거야. 엄마도 죽어서 저세상에 가면 아빠를 만날 텐데, 그러면 아빠한테 뭐라고 하지? 우리가 살고 있는 이 세상만이 전부는 아니거든. 아빠가 다른 사람이 된다 해도 우린 견딜 수 있을 거야. 엄마도 수술이 마음에 안 들어. 하지만 그냥 이대로 놔두는 건, 아빠한테 죄를 짓는 기분이야."

"……."

"루나가 어른이었다면 같이 고민하고 결정했겠지. 지금은 루나가 어리잖니. 괴롭고 욕먹는 그런 결정은 원래 어른들이 도맡는 거야. 엄마도 생각하는 게 괴로워서 계속 미뤘단다. 그나마 그 수술도 실패하면, 엄마는 정말 후회하겠지. 하지만 그래도 감수해야 돼."

"엄마."

"응."

"옛날에 본 영화 「맨 인 블랙」 기억해요? 거기 나오는 기억 제거기를 제가 만들까 봐요."

"왜?"

"엄마가 괴로운 기억을 떠올릴 때마다 잊게 해 주려고요."

"그럼 너무 바쁠 텐데."

"그래도 괴로운 기억의 총량은 줄어들 거예요. 에너지란 원래 그렇거든요."

"그래, 고맙구나."

"그때까지 기다려 줘요."

"그래, 너는 똑똑하니까 만들 수 있겠다."

루나는 그런 기계가 있다면 제일 먼저 자신한테 쓰고 싶었다.

—아빠, 저기 연! 연이 나무에 걸렸어요.

—걱정 마, 아빠가 갖다 줄게.

—제 유전자는 절 조롱하고 있을까요? 그래서 연도 마음대로 도망가는 걸까요?

—아니야, 똥강아지. 도킨스가 한 말은 너한테 한 게 아니야.

—정말이죠?

—그럼. 아빠가 저 연 갖다 줄게. 울지 마, 똥강아지.

—젤리빈 코에 넣어 주면 안 돼요?

—그래, 저 연 꺼내다 주고 나서. 몇 개?

―일단 네 개!

―기다려라, 똥강아지. 여기서 꼭 기다려야 돼. 알았지?

―네, 아빠.

―조금만 기다려, 똥강아지.

―알았다고요.

―거기 꼭 있어라, 똥강아지.

―보고 싶어요, 아빠.

―뭐라고?

―보고 싶어요. 너무너무 보고 싶어요.

―조금만 기다리렴.

―조금만 기다리라면서 왜 삼 년이나 돌아오지 않죠?

―아빠는 원래 그런 사람이야.

―엄마가 아빠를 수술시킨대요.

―그렇구나.

―젤리빈도 코에 못 넣는 아빠는 싫어요.

―저런.

―절 기억도 못 하는 아빠는 같은 사람이 아니잖아요. 그렇죠?

―글쎄다.

―자다 깨면 서재에 가도 아빠가 없어요. 양을 아무리 많이 세도 잠이 안 와요.

―미안하구나.

─아빠가 보고 싶어 미치겠어요. 뇌가 터질 것 같아요.

─주사위를 굴려 보렴.

─그건 소용없어요. 주기율표를 외워도 소용없어요.

─저런!

─등이 거북이처럼 딱딱해졌어요. 거울에는 안 보이지만 저를 막 짓눌러요.

─어떡하냐, 똥강아지.

─아빠, 제가 보고 싶어요?

─그럼 당연하지.

─그런데 왜 빨리 깨어나지 않죠?

─그건 알 수 없단다.

─아빠, 제가 밉지 않으세요?

─……

─아빠, 제가 밉죠. 그렇죠? 그래서 대답이 없는 거죠?

─……

─아빠! 아빠!

등을 짓누르는 느낌 때문에 더는 생각을 이어 갈 수 없었다.

사람들은 아빠가 발을 헛디뎌 미끄러졌다고들 했다.

나 때문이라는 걸 알면 모두 나를 미워할 거야. 아무도 모를 거야, 엄마도 모를 거야. 엄마가 알았다면 나를 고아원에다 갖다 버렸을 거야. 나 아니었으면 엄마는 10층 베란다에서 떨어지려고 하지도 않았을 테고 아빠는 바람 인형처럼 되지도 않았을 테고. 나는 아무짝에도 쓸모없는 아스퍼거 증후군 환자에다 엄마 아빠를 위험에 빠뜨린 재수 없는 애야.

절대로 말할 수 없어.

모든 사람들이 나를 욕하겠지. 노마랑 유니도 나랑 안 놀고 베드로 아저씨와 천문대 수위 아저씨는 나에게 손가락질을 할 거야. 외할머니는 나한테 할 수 있는 온갖 상스러운 욕을 퍼붓고 상담 선생님이랑 학교 선생님, 학교 친구들도 다들 쑤군댈 거야. 나는 살 가치도 없는 몹쓸 애야. 나쁜 애야. 어차피 이 세상은 살 가치도 없는 곳이야.

"루나야."

엄마가 살그머니 루나의 손을 잡으려 했지만 루나는 그걸 뿌리쳤다. 왜 그랬는지 모르겠다.

"그런데 그 아저씨는 왜 또 왔어요?"

"엄마를 도와주려고 왔지."

"……."

"루나야, 넌 왜 그렇게 그 아저씨를 싫어하니? 아빠의 오랜 친구셔. 정말 좋은 분이야."

"엄마가 그 아저씨 볼 때마다 동공이 커지는 거 아세요?"

"뭐?"

그건 거짓말이다. 엄마는 그런 적이 없다. 그런데 왜 마음에도 없는 말이 계속 튀어나올까.

"아빠가 계속 누워 있으면 엄마는 그 아저씨랑 결혼하면 되잖아요? 그럼 고민할 것도 없잖아요?"

엄마의 눈이 정말로 커졌다. 입도 벌어졌다.

그러더니 평소 엄마답지 않게 아주 침착한 표정으로 루나를 바라보았다.

"루나야."

엄마가 펄펄 뛸 줄 알았다. 무슨 말도 안 되는 소리냐고. 네가 생각이 있는 애냐고. 그러나 엄마는 루나 티셔츠에 붙은 보푸라기 하나를 살짝 뜯어낼 뿐이었다.

"고맙구나. 난 미처 그런 생각은 못 해 봤는데."

이상하다. 단지 그 말만 하고 엄마는 루나 얼굴을 쳐다보지 않고 안방으로 들어가 버렸다.

문이 쾅 닫히는 소리가 들렸다.

루나는 방에 들어와 멍하니 앉았다. 한참 그러다가 결국 책상 앞에 앉아 노트북을 켰다. 숨겨 놓은 파일 중에서 루나리언(Lunarian)이라 명명한 챕터의 첫 장을 클릭했다. 루나리언, 최근에 알게 된 이름이다. 달의 주민 혹은 달 물리학자라는 뜻이다. 루나는 낮게 읊조렸다.

"아빠, 내가 엄마를 화나게 했어요. 그러려고 한 게 아닌데. 어떡하죠?"

동영상이 켜지고 어두운 화면이 보였다. 치직거리는 소음 속에서 귀에 익은 음성이 들려왔다.

"아빠가 지구를 떠난 지 이제 겨우 두 시간 됐구나. 아폴로호를 탔던 우주 비행사들은 네 시간이 지나서야 달의 궤도에 올랐다지만 우린 지금 궤도를 다 돌고 착륙을 눈앞에 두고 있어. 이렇게 가까이 달을 보고서 나는 처음에 그 색깔에 놀랐단다. 아주 어두운 납빛이었거든……."

수십 번 본 영상. 달 착륙 직전과 직후를 녹화한 짧은 영상.

아빠가 사고 나기 전, 우연히 아빠 컴퓨터를 갖고 놀다 찾아낸 파일이었다. 그때는 아무 생각 없이 복사해 두었었다. 사고 후 혹시 다른 영상이 있을까 싶어, 아빠의 휴대폰과 데스크톱, 노트북, 외장 하드, 태블릿 PC, 구형 USB 등을 샅샅이 뒤졌지만 더 이상은 없었다.

거의 매일 밤 루나는 이 영상을 보곤 했다. 조금 있으면 우주선에서 내려 인식의 바다에 도달한 아빠가 다정하게 웃는 걸 보게 될 것이다.

아빠가 루나를 향해 손을 흔들었다.

루나도 화면 속 아빠를 향해 손을 흔들었다.

굿나잇, 아빠.

오늘 밤도 쉽게 잠은 오지 않을 것 같다.

6. 누가 우주의 방아쇠를 당긴 걸까

잠깐 잤더니 한결 개운하구나. 이제 지구로 돌아갈 시간도 얼마 남지 않았단다. 아빠가 어떻게 이 우주선에 타게 됐는지 이야기해 줄 때가 온 것 같다.

루나야, 아빠는 운명을 믿지 않아.

아빠는 이렇게 생각해. 인간은 한번 태어난 이상, 그에 맞는 목적이 있는 거라고. 그건 운명처럼 연약하거나 소극적인 개념이 아니라고.

어디서부터 얘기해 볼까. 원전 사고에 대한 것부터 시작하자. 조금 길어질지도 모르겠다.

네가 태어나기 30년쯤 전에 저 멀리 스웨덴의 포스막이라는 곳에서 끔찍한 사고가 일어났단다. 너도 들어 봤겠지만 스웨덴은 복지가 잘 되어 있는 나라이면서 여러모로 앞선 선진국이야. 그런 나라에서 발전소 원자로가 녹아 버리는 일이 발생했어. 북해가 다 오염되고 스웨덴 노르웨이 핀란드 덴마크 네덜란드 등에 살던 그 많은 사람들이 남으로 동으로 피난을 가야 했단다. 세계에서 제일 잘산다는 북유럽이 초토화된 셈이지.

처음 시작은 단순한 변압 장치의 고장이었단다. 그게 전기 안전 시스템의 붕괴로 이어지고 핵연료가 연쇄적으로 반응하면서 순식간에 어마어마한 재앙이 되어 버린 거야.

역사적으로 봤을 때 가장 위험했던 원전 사고가 두 번 있었단다. 1986년 소련의 체르노빌 사고와 2011년 일본 후쿠시마에서 발생한 사고가 그것이란다. 특히 후쿠시마의 멜트다운은 아직도 잊히지가 않아. 내가 너보다 더 어릴 땐데도 말이야. 세계 2위의 기술 강국, 경제 부국인 일본에서 어떻게 이런 사고가 일어날 수 있느냐, 일본은 도대체 지금까지 뭘 한 거냐며 전 세계에서 난리가 났지.

게다가 사고가 일어난 지 30여 년이 된 지금까지도 후쿠시마는 크고 작은 방사능 누출이 이어져 만신창이가 됐어.

사고 수습을 안 한 게 아니라 못 했다는 게 뭘 의미하는 줄 아니? 그건, 모든 제조업이 그렇듯 휴먼 에러는 늘 있어 왔기 때문에 아주 작은 부품에서 단 1밀리미터 오차라도 생기게 되면 수십 년 뒤에 문제가 생길 수 있다는 뜻이야. 똑같은 에러라도 다른 제조업이나 공업이었다면 그렇게 큰 사고로 발전하지는 않았겠지. 그래서 원자력 발전이 위험하다는 거란다.

전기를 만드는 시한폭탄, 바로 그게 원자력이거든. 그냥 공장 문을 닫는다고 해결이 되지 않지. 단순히 중단, 폐쇄하는 데만도 천문학적인 돈이 든단다. 그 돈을 들여도 완전히 안전하다는 보장도 없어. 일본이라는 나라가 돈이 없어서 못 했을까. 다른 나라보다 기술이 부족했을까.

인간은 이렇게 무책임하게 지구 상에 원자력 발전을 탄생시켜 놓고 이제 와서 폐기물을 고민하고 있는 실정이란다. 지금 어느 나라도 그 폐기물을 안전하게 처리해 본 적이 없어.

하여간 일본의 상황은 심각했단다.

특히 원전 사고는 이제 우리의 먹거리, 특히 해산물과 직결된다는 의식이 높아졌거든. 우리가 처음부터 지금처럼 생선을 못 먹고 산 게 아니란다. 아빠 어렸을 땐 고등어나 대구나 갈치나 심지어 그 위험하다는 참치조차 마음껏 먹고 살았어.

언젠가 태평양 연안 15개국이 모여 일본에 배상을 요청하기로 결의도 했지. 물론 실제로 받아 내진 못했지만. 그러는 와중에 일본 본토 인구의 30퍼센트가 해외로 나가 버렸단다. 중산층 이상의 엘리트 계층과 젊은 세대가 주를 이뤘지. 그제서야 일본은 그전부터 주력해 온 핵폐기물 유리 고체화 작업을 포기하고 부랴부랴 프랑스에서 엄청난 로열티를 주고 기술을 도입했어. 이미 롯카쇼무

라인가 하는 곳에 재시설 공장이 완공된 상태였지.

그런데 말이다.

그게 또 쉽지 않았어.

핵재처리 시설은 있어야겠지, 하고 생각했던 지역 주민들이 실상을 알게 되면서 거세게 반대한 거야. 사실 그건 플루토늄이라는 역사상 가장 위험한 방사능 물질을 생성하는 시설이란 게 만천하에 공개됐기 때문이야.

즉 롯카쇼무라는 어제의 일본이 아니었지. 일본에서 그렇게 큰 반핵 시위는 사상 처음이었다고 아빠는 기억해. 아빠의 친한 친구가 그때 일본에 살았기 때문에 자세히 안단다.

자기 배를 자해하는 할복 시위와 몸에 석유를 붓고 분신하는 사람들도 잇따랐어. 그중엔 자기 아이를 후쿠시마 병이라 일컫는 복합성 장애로 잃은 사람도 있었지. 후쿠시마 사고 때 어린이였던 사람들이 갑상선암과 백혈병 등 각종 암, 피부병, 탈모 등으로 초췌해진 모습을 하고 백만 인 마스크 시위에 나선 광경은 정말 눈을 뗄 수가 없더구나.

게다가 감춰졌던 후쿠시마 기형아들의 모습도 그제서야 언론에 물밀듯이 공개되었단다. 정말 그건 똑바로 보기 힘들 정도로 가슴 아픈 모습들이었어. 입에 올리는 것조차 미안해질 정도로, 정말 그건……. 그 아기를 낳은 엄마들 중에 정신 질환에 시달리는 사람들도 많았대. 아빠도 정말 그 정도일 줄은 몰랐단다.

자, 이렇게 되자 일본은 자국민의 원성을 무시할 수 없었어. 핵 폐기물은 안전해지기까지 수십만 년이 걸려. 그 이상도 걸리지. 그런 물질이 아직도 일본에 무수히 쌓여 있었어. 알음알음 세계 곳곳에 옮기긴 했어. 주로 제3세계에 갖다 버렸지. 규제가 느슨한 걸 이용해서.

그건 일본만 그런 게 아니었단다. 유럽 나라들도 그런 식으로 버렸는데 조금 더 투명한 방식과 안전한 루트를 이용하느냐 아니냐의 차이였을 뿐이야. 자국 내에 고준위의 핵 폐기장이 있는 나라들은 비싼 돈을 받고 합법적으로 그걸 처리해 주었지. 이른바 위탁 폐기야. 핀란드와 프랑스가 대표적인 나라란다. 그 나라들도 자국민들이 거세게 반대해 언제 문 닫을지 알 수 없는 상황이었지만 말이야.

그런 시점에 스웨덴과 프랑스 그리고 동유럽 몇몇 나라에서 방사능 누출 사고가 일어났단다. 후쿠시마에 비하면 경미한 수준이었지만, 그럼에도 불구하고 유럽은 말 그대로 공포에 질렸어.

일본은 당시에 동남아에 이어 동유럽 쪽으로 폐기물을 보내고 있었는데 이제 그 길조차 막힌 거야. 유럽 전체가 자기 앞가림하기에 바빴으니까.

결국 일본은 새로운 퇴로를 모색했단다. 그게 어디겠니? 바로 옆 나라 한국이었어. 우리나라는 원전을 여전히 가동하고 있었고, 심지어 서아시아와 아프리카에 원전을 지어 돈을 버는 몇 안 되는 나라 중 하나였거든.

우리도 폐기물이 많아 골치였어. 하지만 돈도 기술도, 가장 중요한 의지도 없기 때문에 그냥 장기적 계획만 믿고 버티는 형국이었지. 적당히 어느 지역 주민들을 회유해 대충 짓고 덮어 버리는 식이랄까. 비공식적으로는 중앙아시아 지역과 '아톰 딜'을 했다는데 확실치는 않다. 원전 지어 주고 폐기물도 그 지역에 같이 수출한 거라는데, 그렇다 해도 많은 양은 아니었을 거야.

하지만 우리나라에서도 후쿠시마와 유럽 전역의 사고를 보고 우리의 핵 시설과 폐기물 처리에 대한 각성의 목소리가 높아졌어. 성장을 포기하지 못한다면 안전이라도 담보하자는 거였지.

그때 일본이 적극적으로 제안을 해 온 거다. 차관 10조 원을 탕감하고 추가로 20조 원의 지원을 해 줄 테니 한일 공동 고준위 핵 폐기장을 건립하자는 거야.

20조 원.

그냥 들으면 꽤 많은 돈 같지만 삼십여 년 전 나라의 강을 다 파헤친 해괴한 사업에도 22조 원의 돈이 들어간 걸 생각하면 이건 새 발의 피란다. 자연을 망치는 정도가 아니라 한 나라의 안전을 한순간에 잿더미로 만들 수 있는 엄청난 위험 부담일 수도 있는데 그 돈이 20조 원이라. 글쎄.

어쨌건 일본은 자국엔 원전도 없고 자국민을 위해 핵 폐기 시설도 나라 밖에 지으려고 이렇게 돈을 쓰는데, 한국은 원전도 많고 폐쇄할 생각도 없고 자국민의 안전에 관심도 없고 게다가 남의 나라 핵 쓰레기까지 돈 몇 푼에 받아 준다. 여론이 가만있을 리 없었지. 반대가 극심했어.

그러자 일본이 또 새로운 카드를 내놓았지. 당시 일본 우주 항공국이 추진하던 달 탐사선 이카루스 3호기에 한국인 비행사를 태워 주겠다는 거야. 한 사람을 달에 보내려면 300만 달러가 드는데 거저 한 자리를 주겠다는 거지. 순전히 우호의 표시로. 헬륨 3의 채취와 마이크로웨이브 사업 등, 그동안 일본과 공동으로 해 온 게 없진 않았단다. 헬륨 3는 핵융합 발전에 아주 중요한 물질이거든. 그런데 이런 파격적인 제안과는 달랐지. 이후 달에 관계된 에너지 사업에도 지분을 확보해 준다는 은밀한 각서도 들어 있었고.

우주 사업은 말이다, 한국과 일본의 차이가 그야말로 하늘과 땅의 차이란다. 우리가 늘 러시아나 중국에 빌붙어 우주선에 합승한건 다 그런 이유가 있어.

그렇게 물꼬를 터서 일단 한국인 우주 비행사 선발이 시작됐어. 정말 치열했다는구나. 유능한 환경 공학 전문가가 그 영광의 주인공이 됐지.

아빠?

루나야, 아빠는 그때 푸에르토리코의 아레시보 천문대에서 낯선 전파와 정신없이 씨름할 때였단다. 근데 아빠가 말이지, 결혼 전에 러시아에서 속성으로 소유즈 우주 비행 캠프를 수료한 전력이 있었다는 걸 미리 밝힐게. 흠모하던 러시아 여학생이 신청하는 걸 보고 아무 생각 없이 따라갔다는 건, 엄마한테 비밀로 해 두자꾸나.

하여튼, 그렇게 우주 비행사가 훈련을 시작하면서 여론은 돌아섰어. 달 탐사 카드는 확실히 효험이 있었던 것이지.

'어차피 우리도 지어야 할 핵 폐기장이면 일본과 같이 짓는 게 국익이다.'

'감정적으로 대처할 문제가 아니니 우리도 시작은 해야 옳다.'

뭐 이런 소리들이 들려왔지.

여전히 반대도 만만치 않았어.

'핵쓰레기도 널름 받는 병신 같은 정부'

'겨우 20조에 국민의 안전을 팔아먹는 신매국노'

'이득은 사유화, 손실은 사회화'

'지으려면 청와대 앞에다 지어라!'

아빠의 신분은 어디까지나 녹색 에너지인 핵융합을 연구하는 연구원이었단다. 아레시보에 간 건 안식년 휴가를 당겨서 얻은 귀한 찬스였고.

그러나 그 프로젝트가 해체되고 털레털레 서울로 돌아왔을 때 이미 한국인 우주 비행사는 긴 훈련을 끝내고 탑승만 기다리던 시점이었어.

그때 그 비행사가 유럽의 한 신문사와 인터뷰를 했는데, 이것 때문에 나라가 발칵 뒤집혔지. 그렇게 대단한 내용도 아니었어. 한일 간의 역사 문제를 묻는 기자의 질문에 너무 순진하게 답했달까. 그의 발언은 이랬단다.

"일본의 이카루스 3호에 탑승하게 되어 개인적으로 영광이고 정말 기대가 크다. 그러나 과거사를 잊은 건 아니다. 나의 증조부는 일제 시절 수뇌부에게 폭탄을 던졌던 독립군이셨다. 그 사실에 자부심을 느낀다."

이 정도야. 이 정도의 발언으로도 결국 그는 도중하차할 수밖에 없었단다.

우리 돈으로 우주선에 태워 주는데 왜 이런 욕까지 먹어야 하느냐며 일본 극우 정치가들이 워낙 강경하게 선동했거든. 한국 정부는 난처해지고.

그래서 새로운 우주 비행사 후보를 찾기 시작했지. 전에 자원한 그 많은 후보들이 있지 않느냐고? 세상 일은 참 예측하지 못한 방향으로 흘러가곤 하지.

"이렇게까지 해서 꼭 달에 갈 필요가 있는가?"라면서 '나라와 미래를 걱정하는 우주 항공인들의 모임'이라는 단체가 성명을 내고 적극적으로 보이콧을 유도했어. 그 많은 후보자 모두에게 강경한 협박성 연락까지 했었다는 소문이 돌더라. 그게 아니라도 자진 사퇴한 후보도 많았고. 그래서 우주에 꼭 나가는 게 소원이었던 그 많은 사람들이 다 어디로 갔는지 보이지 않는 거야. 발사 날짜는

다가오고, 훈련할 최소한의 시간은 계속 줄고. 이게 안 되면 핵 폐기장 문제에까지 불똥이 튈 테고.

그렇단다. 그래서 아빠한테까지 기회가 온 거야.

이런 소리도 들었단다.

"누구는 낙하산으로 달에도 가네."

맞는 말이야. 무색무취하고 정치적인 입장도 없고 시비 걸 게 없는 경력의 인물을 샅샅이 고른 끝에 아빠가 결정된 거란다. 물론, 자랑스럽지는 않았단다.

특히 원자력 발전이 아니라 핵융합 발전 연구원이라는 신분이 결정적이었다고 훗날 들었다. 한일 양국 입장에선 더없이 좋은 타이틀인 거지. 두 나라 모두 원자력 발전의 폐해를 최소화하고 대안 에너지 녹색 에너지인 핵융합을 추구한다는 명분을 갖다 붙이기 좋으니까.

거의 강제나 다름없는 분위기였단다. 연구소 소장님, 국토 해양부 장관, 환경부 장관 등이 개인적으로 아빠를 찾아왔으니까. 아레시보 연구원 경력과 소유즈 우주 비행 캠프 수료증까지 있었으니 금상첨화였지. 환경부 장관은 거의 무릎 꿇다시피 부탁을 하더구나. 수락해 달라고.

루나야, 이게 아빠가 뽑힌 사연이란다. 네가 다른 사람 입으로 "네 아버지가 어부지리로 달에 갔다 왔다며?"라는 말을 들을까 봐, 미리 말해 두는 거다.

사실 아빠는 천문학을 그렇게나 좋아하면서도 내가 직접 가 보고 싶다는 생각은 거의 없었어. 솔직히 고백하자면 아빠는 전형적인 책상물림이거든. 그래서 고민을 많이 했단다.

아빠가 결심을 굳힌 건 은사님의 단호한 태도 때문이었어. 언젠가 얘기했던 아빠의 은퇴한 스승님이지. 그분한테 여쭸더니 호통을 치시더구나.

"필립, 자네 정말 실망스럽군! 이건 자네가 고민하고 말고의 문제가 아냐. 게다가 아레시보에서 그 메시지를 그렇게 연구했는데도 주저하나? 그렇게 궁금해했으면서. 제정신인가? 차라리 내가 대신 가고 싶네!"

그래서 생각했지. '달에 가라.' 그 문구를.

루나야, 그건 필연이었나 보다.

보이저호의 응답 메시지는 나를 달로 이끌었고 달에서 본 생생한 영상과 거대한 월석은 또 새로운 길로 이끌고 있어.

누구 말마따나 나는 우주의 방아쇠를 당긴 걸까.

이제 이걸 꺼야겠다.

저 멀리 지구가 보인다. 파랗고 꼬물꼬물한 내 고향 별이 저기 있구나. 남은 얘기는 다음에 해 주마.

*

"루나, 오늘 갈 곳은 서른일곱 번째 은행이야."

"알고 있어. 베드로 아저씨가 힘들어하셔서 걱정이야."

루나는 노마를 보고 대답했다. 유니는 없다.

베드로 아저씨는 물리 치료를 마치면 이 1층 로비로 내려오신다고 했다.

"37은 내가 제일 좋아하는 소수는 아니지만 뒤집으면 73, 마찬가지로 소수지. 루나야, 내가 왜 73을 좋아하는지 알지?"

"이진법으로 회문수니까."

"맞아. 내가 제일 좋아하는 수는 바로 이 세 개야. 먼저 273, 이건 이진법으로 100010001, 그리고 73은 이진법으로 1001001, 마지막으로 21은 이진법으로 10101. 이 중에서 소수면서 이진법으로 회문수가 제일 안정적인 건 바로 73이야. 진짜 멋지지?"

노마는 수학 없이 못 산다. 그래서 학교 친구들은 노마를 수학 덕후, 루나는 천문학 덕후라고 불렀다. 예전 학교와 달리 이 학교에선 그게 부러움의 대상이었다. 그에 반해 유니는 뚜렷하게 좋아하는 게 없었다. 수열이나 변분법, 페르마의 원리, 바그너의 교향곡 등등을 두루 좋아하긴 했지만 평범해질 수 있다면 그런 건 몰라도 된다고 유니는 말했었다.

요즈음 유니는 갈망하던 전기 두개 자극 시술을 받느라 학교에도 잘 나오지 않았다.

원래 유니는 일주일 정도 후 퇴원해 친구들 앞에 나타나겠노라 말했었다.

하지만 상담 선생님은 기대하지 말라고 루나에게 말했다. 루나 와 유니의 상담 선생님은 같은 사람이다. 상담 내용은 비밀이라면 서도 늘 너만 알고 있으라며 말하기 좋아하는 선생님이었다. 들어 보면 그다지 비밀이랄 것도 없는 얘기였다. 마치 선생님이 입는 옷 처럼 늘 비슷비슷하고 시시한 느낌이었다.

"유니는 루나와 좀 다르지. 유니는 루나한테 늘 열등감이 있었 단다."

"왜요?"

"비교되니까."

"누가 우릴 비교해요?"

"유니가 비교하지. 사실 자의식이 강한 사람들은 보통 사람들이 라도 굉장히 예민하고 힘들지."

선생님은 늘 우리를 보통이 아니라고 하시는군요, 라는 말이 하 고 싶었지만 참았다.

"루나, 혹시라도 유니와 멀어져도 너무 낙담하지 마라. 자, 다음 엔 언제 볼까?"

루나는 종종 상담 선생님이 꼭 마트에서 식용유나 만두를 파는 아줌마같이 뭔가를 팔려는 사람처럼 느껴졌다. 그게 좋은 선생님의 자격에 속하는지는 잘 모르겠다.

"노마, 어쩌면 유니는 안 나타날지도 몰라."

루나가 말했을 때 노마는 '그래서?' 하는 표정을 지었다.

"유니는 정상적인 여자아이가 돼서 우리랑 멀어질지도 몰라."

"그래서 싫어?"

"싫으냐고? 그럼 넌 친구랑 헤어져도 아무렇지도 않니?"

"그런 게 아니라……."

노마는 여전히 이해가 안 간다는 눈빛이었다.

"너는 우주선도 타 본 천체 물리학자 겸 핵융합 과학자인 아빠를 뒀고 걷고 뛰는 것도 제일 덜 웃기고 아마 열다섯 살이면 아이비리그 대학에 들어갈지도 몰라. 유니는 네가 나중에 노벨상을 탈 것 같대. 나는 체스랑 논리학을 좋아하고 전화번호부 외우는 것도 좋아하고 푸들도 키워. 언젠가는 굉장한 프로그램 개발자가 될지도 모르고 아빠는 자주 보진 못해도 만나면 늘 내가 하고 싶어 하던 게임을 깔아 주셔. 그런데 유니는 엄마 아빠도 없고 할머니 할아버지랑 사는데 두 분 다 쉰내가 나는 데다가 늘 유니를 구박해. 유니는 이해도 안 되는 하이틴 잡지를 구독하고 빅토리아 시크릿 쇼 동영상을 모으고 우리 중에서 눈이 제일 튀어나왔고 걷는 건 장구벌레 같고 그래서 유니는 아침에 깰 때마다 하루하루가 지옥 같대."

"나는 왜 몰랐지?"

"너는 지금 다른 데다 정신을 팔고 있잖아. 그리고 다시 말하지만 루나, 너는 이제 목을 잘 흔들지도 않아. 그냥 팔푼이 정상인 같아!"

"……."

"나는 그래. 유니가 행복해질 수 있으면 우리를 떠나도 상관없어. 전에는 한 번도 친구가 두 명이나 한꺼번에 있었던 적이 없었어. 너희들 덕분에 삼총사가 된 것만으로도 역사적인 일이지."

"그래도 친구를 잃는다는 건 섭섭해."

"어쩔 수 없어."

루나는 갑자기 노마가 퍽 성숙해 보였다. 남을 배려할 줄 모르는 중증 장애라고만 생각했는데 언제 저렇게 변했을까. 땀 흘리는 아기 하마 같은 얼굴이 지금은 그렇게 펑퍼짐해 보이지 않았다.

"친구가 하나도 없는 애들도 많아."

"……."

"루나, 우리 같은 삼총사는 거의 없어. 우리 학교 애들은 다 혼자 다니잖아."

루나는 생각해 보았다. 아빠도 만일 의식이 있어서 결정을 내릴 수 있다면 유니 같은 선택을 하게 될까. 완전한 정상인이 될 수만 있다면 어떤 방법이라도 쓰고 싶을까. 예전의 자기랑 달라지는 건 상관없는 걸까.

베드로 아저씨가 아이들 앞에 등장한 건 바로 그때였다.

"우와, 아저씨!"

아저씨는 아주아주 멋진 양복을 입고 있었다. 아주 어두운 보랏빛에 가는 줄무늬가 있는 옷. 아빠가 좋아하는 보르도 와인빛이 저보다 약간 더 밝다.

"아저씨, 넥타이도 근사해요. 근데 가슴에 손수건은 왜 꽂으신 거예요. 코 닦는 건가요?"

"그건 나도 왜 달아 줬는지 모르겠다. 루나랑 외출하는 재미에 새 옷 하나 맞췄지. 그러니까 이게…… 육 년 만에 처음이구나. 이런 좋은 옷은 처음이야. 정말 괜찮아 보이니, 얘들아?"

아이 둘은 동시에 엄지를 내밀었다. 이건 학교에서 배운 게 절대 아니었다!

아저씨는 위풍당당한 모습으로 앞장섰다. 저번에 시청 앞 어떤 호텔에 갔을 때 문 열어 주는 아저씨에게 하듯이, 땅 투기로 벼락부자가 된 졸부처럼 거만하게 손을 올려 사람들에게 인사했다.

아저씨는 새로운 은행에 들를 때마다 똑같은 말을 했지만 그때 그때 인사나 미소나 말하는 표정은 조금씩 다 달랐다.

"아저씨, 꼭 배우 같아요. 어떻게 그렇게 침도 안 바르고 거짓말을 술술 잘하세요?"

"글쎄, 나한테 이런 재주가 있는 줄은 나도 몰랐는걸. 입원한 뒤로 요즘처럼 유쾌하긴 처음이다. 오죽하면 내가 옷을 다 샀겠니?"

노마와 루나는 서로 말없이 눈빛을 교환했다. 항상 아저씨가 유쾌했던 것만은 아니라는 걸 안다. 이 주 전 종로의 어떤 은행을 갔다 나올 때, 안내했던 직원이 다른 이에게 작게 비아냥거리는 소리를 듣고 말았다.

"참 좋은 세상이야. 팔다리 없는 게 뭐 훈장이라고."

아저씨와 나는 정확히 못 들었지만 돌고래처럼 청력이 좋은 노마가 들었다고 박박 우겼다. 노마의 말을 들은 아저씨는 휠체어를 잽싸게 돌렸다. 휠체어로 그렇게 민첩하게 움직일 수 있다는 걸 루나는 미처 몰랐었다.

아저씨는 안에 들어가 지점장이나 매니저 분을 만나고 싶다고 당당하게 말했다. 그리고 노마의 휴대폰을 꺼내 녹음된 걸 들어 보라고, 이 은행은 장애인 고객에게 이렇게 경우 없는 소리를 해도 아무 질책이 없는 곳이냐고 묻더니 문제의 직원을 똑바로 지목했다. 매니저는 얘기를 듣고 쩔쩔맸다. 곧장 그 직원을 데려와 호통을 쳤고 입을 잘못 놀린 그 직원은 허리를 90도로 꺾으며 무례를 범했다고 사과했다. 은행에서 그 광경을 지켜보던 사람들도 다 도끼눈을 하고 그 직원을 흘겨보았다. 일행이 나올 때 그 매니저는 대통령이라도 배웅하듯 깍듯하게 인사하고 타고 가라며 차까지 내주었다.

차에 타고 나서야 노마가 속삭였다.

"그런데 아저씨, 제 휴대폰엔 아무것도 녹음된 게 없었는데 왜 그렇게 말했어요?"

"원래 선수들은 그렇게 하는 법이야. 자 봐라, 택시비도 굳었잖
니?"

처음에는 루나의 저금을 깨서 택시비를 충당했지만 나중엔 유
니와 노마도 자기 용돈을 조금씩 보탰다. 요새는 아저씨가 다 내고
있었다. 루나가 사채 이자를 쳐서 차용증을 써 드리겠다고 했지만
아저씨는 쓸데없는 소리 말라고 하셨다.

오늘 도착한 은행은, 예쁜 언니와 나이 많은 아저씨가 나란히 안
내 데스크에 앉아 있었다.

"어떻게 오셨나요?"

"네, 제 조카의 대여 금고 때문에요."

루나는 아저씨의 딸도 됐다가 조카나 어린 사촌, 친구의 딸, 이
복동생, 병원에서 알게 된 고아 등등으로 계속 신분이 변했다. 아
저씨의 창의적인 거짓말은 언제나 감탄스러웠다. 오늘도 옆에서
가만히 듣고 있으니 루나는 정말 아저씨의 불우한 조카딸이 된 기
분이 들 정도였다.

"……그래서 그 계열사의 대여 금고를 찾고 있습니다. 이건, 본
사에서 써 준 소개장이고 이게 그 편지랍니다. 보십시오."

"정말 판에 박힌 소리로 들리시겠지만, 심려를 끼쳐서 면목이
없습니다. 자, 여기 편히 앉아서 좀 기다려 주시죠."

베드로는 사실 기대를 하지 않았다. 루나에게 말은 안 했지만 열
한 번째 은행에서 젊은 직원이 이렇게 일러 준 것이다.

"아휴, 정말 답답하시겠습니다. 다른 고객이라면 클레임 엄청 걸었을 거예요. 그런데 솔직히 이건 사막에서 바늘 찾기랍니다. 본사가 정말 나쁜 놈들이죠. 차라리 보상을 받고 포기하시는 게 어떨까요? 못 찾을 확률이 정말 높아요."

지금까지 거쳐 온 모든 은행과 비밀 금고 지점에서 시작은 달랐어도 끝은 늘 거의 비슷한 말로 끝났다.

"고객님, 정말 유감스럽습니다만⋯⋯."

이 말만 들으면 뒤는 안 들어도 뻔했다.

그런데 오늘은 유난히 오래 걸렸다. 베드로는 마음을 비우고 졸다 깨다 했지만 애들은 이리 뒤척 저리 뒤척, 지루함에 몸을 비비 꼬았다. 자판기에서 초콜릿 한 봉지와 주스 한 병씩을 뽑아 해치우고도 시간은 남아돌았다. 가타부타 말도 없이 그렇게 한 시간이 흘렀다.

땀에 푹 전 예쁜 언니가 나왔을 때도, 하도 기다리다 지쳐 그리 반갑지도 않았다.

"고객님,"

다음은 어느 은행으로 갈까, 모두 그 생각을 하고 있었을 것이다. 그런데 그다음 말이 달랐다.

"찾았습니다."

"뭐라구욧!"

세 명이 동시에 벌떡 일어섰다. 아저씨는 엉겁결에 일어날 뻔하다가 얼른 주저앉았다.

"원래 이래선 안 되는데. 편지의 발신인 추적을 좀 해 봤습니다. 그 연락처만 다시 뒤지고 역으로 추적하고 해서요. 그랬더니—"

"아니, 잠깐만요. 발신자가 기록이 안 된 편지라 그건 도저히 알아낼 수 없다고 했는데 어떻게 찾았다는 거죠?"

"없는 게 아니었어요. SGD LT 158-237ddr＊2055.12에서 2055.12가 발신자 코드인 걸 몰랐던 거죠."

"네에?"

모두가 그건 유효년도 표시라고 철석같이 믿어 왔다. 그런데 그게 아니라고?

"아니, 어떤 직원도 그런 말을 한 적이 없는데요."

"그게 발신자를 보호하기 위해 나온 최신 보안 코드였는데요, 바로 은행 부도 전 일주일 정도만 시범 사용된 데다 그 후 대부분 원상회복시켰는데, 이것만 이상하게 누락됐던 것 같습니다. 즉 사람들이 이 사실을 잘 모르거나 혼동했던 것 같아요. 저는 보안 코드 편성부에 근무했기 때문에 안답니다. 하여간 그 발신자를 찾았습니다. 본사가 부도난 후 바로 발신자에게 통지가 돼서 금고에서 찾아가신 걸로 나옵니다. 그 후 시스템은 남아 있어서 등기 우송은 자동으로 되어 버렸고요. 아마 수신자에게 보내진 걸 모르는 것 같습니다."

종이에 적힌 이름을 보고 루나는 털썩 주저앉았다. 말도 안 돼.

이런 일이 다 있다니.

"왜 그러니, 루나야. 이게 누군지 아니?"

베드로가 묻자 루나는 힘없이 고개를 끄덕거렸다. 노마가 그 이름을 힐끗 보고 고개를 외로 꼬았다.

"이상하다, 왠지 낯익은 이름인데? 어디서 봤더라?"

"병원에서……."

루나는 눈에 초점이 풀린 채 다 죽어 가는 목소리로 중얼거렸다.

"의사 가운……."

"그게 다 무슨 말이냐? 대체 루나가 왜 이러냐?"

"앗싸! 기억났다!"

노마가 너무 큰 소리로 외치는 바람에 은행 여직원이 소리를 낮춰 달라고 부탁했다. 노마가 흥분해서 얼굴이 새빨개진 걸 보고 베드로는 노마에게 일단 앉으라고 했다.

"아저씨, 그 사람이에요! 루나가 에이 십장생이라고 부를까, 에이 식빵이라고 부를까 고민하던 바로 그 사람요! 루나랑 루나 엄마만 보면 알랑거린다는 그 사람!"

"가만, 누구더라?"

"에이, 아저씨도 봤잖아요. 머리카락이 꼭 물미역 같다고 해 놓고. 긴 머리 이렇게, 넘기는 웃긴 의사요!"

베드로가 그제서야 아아, 하며 루나를 돌아보았다.

"아! 그 양반 말하는구나!"

"맞아요, 아저씨 근데 루나 표정이 너무 안 좋아요. 똥 싸기 직전 같아요."

"루나야, 그 작자가, 아니 그 선생이 아빠랑 그렇게 친한 걸 몰랐었니?"

"무슨 말씀이세요?"

"이건 당연히 너희 아빠랑 관련된 편지잖니? 너도 이미 짐작했지? 그래서 아빠 친구한테 이렇게 맡겼겠지. 아니냐?"

그렇다. 엄마 말이 맞았다.

엄마 말대로라면 그는 아빠 친구다. 그것도 아주 친한 친구.

이럴 수가.

이런,

어떻게,

……에이 십장생!

7. 부드러운 비가 올 거야

루나, 안녕.

오랜만이지?

거의 일 년 반 만에 이 녹화를 재개한다. 배경이 꽤 낯익을 거다. 바로 우리 집 서재니까. 나는 이걸 더 모아서 네 다음 해 생일에 주려고 저장해 놓고 있단다.

그런데 네가 가끔씩 아빠 노트북을 뒤지는 걸 보고 나머지는 꼭꼭 숨겨 놓았단다. 절대 못 찾을 거다. 이걸 네가 만일 찾을 수 있다면, 난 정말 헛산 거다. 하하하.

아빠가 귀국한 후에 정말 눈이 획획 돌아가게 바빴던 거 아는지 모르겠다. 아빠는 제일 먼저 엄마를 설득해 너에게 특수 치료를 받게 했지. 학교 문제는 더 생각해 볼 필요가 있지만 치료는 빠를수록 좋다는 결론을 내렸어. 다행히 너는 말문이 트여서 엄마를 기쁘게 했지. 긴장하면 생기는 경련도 이제 많이 조절할 수 있게 되어 한결 맘이 놓인다. 잠든 너를 보며 엄마가 흘렸던 눈물이 얼마나 되는지, 너는 짐작도 못 할 거야.

네가 아스퍼거 증후군이라는 건 엄마도 이제 받아들이기로 했어. 후쿠시마 디지즈의 일종일 수 있다는 얘기는, 아직은 못 하겠구나. 어쩌면 엄마도 입밖에 내지 못할 뿐 짐작은 하고 있을 거야. 의학적으로 확신이 없어서가 아니란다. 내가 그렇게 직접적으로 말했을 때 엄마는 감당을 못 할 것 같구나. 그리고 너는 아스퍼거와 후쿠시마 디지즈의 경계에 있다는 것이 나의 최종 판단이란다. 삼 년 안에 갑상선에 이상이 생기지 않는다면, 그리고 칠 년 안에 암세포가 발견되지 않는다면 방사능으로 인한 것은 아니겠지. 아직까지는 그런 조짐이 보이지 않는구나. 방사능 후유증을 완전히 벗어나진 못하지만 그 전조를 알아내는 기술은 이만큼 발달했잖니.

루나야, 설사 미래에 너에게 그런 질환이 발견된다 해도, 우리 루나는 극복할 수 있을 거라고 난 믿는다. 그건 너라는 인간을 구성하는 개성의 하나야. 다시 말하지만 너의 특별함과 아름다움은 절대 장애가 되지 않는단다. 알겠지?

이제 아빠 얘기를 해 볼까.

잘 들어라, 루나야. 아빠는 달에서 돌아온 뒤로 정말 많은 고민
을 했단다.

우리가 우주를 탐구하는 것은 어리석은 과거를 되짚어서 우주
안의 모든 생명체들과 평화롭게 공존하기 위한 것이야.

내가 바라는 세상을 위해 계속 부딪쳐 가는 사람들이 있고 그저
세상의 흐름에 몸을 맡기는 사람들이 있어. 아빠는 지금까지 후자
로 잘 살아왔지.

그런데 더 이상은 안 되겠다는 생각이 드는구나. 더 이상은.

왜일까?

간단해. 아빠는 우리 루나가 커서도 계속 안전하고 건강하게 살
수 있는 세상을 원해.

깨끗한 공기를 마시고 오염되지 않은 음식을 먹기를 원해.

언제든 바닷물에 들어가 수영할 수 있고 산과 들에 가서 무엇이
든 만져도 되는 세상을 원해.

눈밭에서 루나가 좋아하는 스노 엔젤을 하거나 빗속에서 춤추
는 일이 안전한 세상을 원해.

먼 훗날 혹시 우리 루나가 사랑하는 사람이 생겨서 아기를 갖게
된다면 두려움에 떨지 않고 낳을 수 있는 세상을 원해.

이런 마음을 좀 더 잘 표현할 수 있다면 좋을 텐데.

아, 갑자기 아빠가 좋아하는 시가 하나 떠올랐어. 한번 들어 보

겠니?

부드러운 비가 올 거야, 흙냄새도 나고.
제비들은 들릴 듯 말 듯 소리를 내며 빙빙 돌겠지.

연못 속의 개구리들 밤이면 노래하고,
야생 자두나무는 떨리도록 하얗게 꽃피겠지.

울새는 불타는 깃털 옷을 입고
낮은 철책 위에서 제멋대로 휘파람을 불겠지.

그리고 아무도 전쟁에 대해 알지 못하겠지, 아무도
전쟁이 언제 끝났는지 관심도 없을 거야.

아무도 신경 쓰지 않을 거야, 새도 나무도,
인류가 완전히 사라진다고 해도.

그리고 새벽에 깨어났을 때 봄은
우리가 사라졌는지 알아차리지도 못할 거야.

아빠는 이 시가 아름답다기보다 무섭다는 생각이 든단다. 네 생각은 어떠니?

인류가 지금 상태로 계속된다면 절멸할 날이 오겠지. 그러면 새도 나무도 흙 내음도 제비들도 개구리와 자두나무들, 물새들도 모두 사라져 버리고 아무도 없는 이 지구에 홀로 봄이 오겠지.

루나야. 아빠는 말이다, 달에서 경험한 게 뭔지 꼭 밝히고 싶었단다. 5차 토카막 실험까지 포기하고 하와이에서 열린 우주 비행사 동호회에 갔다 온 건 그런 이유 때문이야.

거기서 비행사들은 각자의 특이했던 경험을 고백하고 공유했어. '리모트 뷰잉'이라는 개념을 들어 알고는 있었는데 그걸 경험했노라는 사람들도 있었고 '클레어보이언스'를 체험했다는 간증자도 있더구나. 아폴로 14호의 앨런 셰퍼드가 겪었던 ESP라는 텔레파시 능력과도 상통하는 게 있었어. 하지만 아빠와 똑같은 경험을 한 사람은 없더구나.

아빠는 예지자가 아냐.

시간의 흐름이 뒤바뀌는 경험, 그것이 어떤 질서 정연한 시스템에 의해 언어와 영상이 함께 머릿속에 각인되는 행위. 그걸 도구화할 언어가 어떤 것인지 얘기해 보라고 하면 딱 잘라 설명은 못 하겠다. 다만 아레시보에서 습득했던 그 낯선 언어 체계에서 영감을 얻은 건 있어. 그러니까 아빠는 이런 식의 문장을 구사하게 된 거란다.

"나는 일 년 뒤에 그 마을을 봤어."

"나는 루나가 열 살이 되는 그해를 기억하고 있어."

가장 최근에 내가 구사하고 싶은 말은 이거야.

"나는 병원에 누워서 마흔두 살이 된 나를 보게 될 거야."

아빠는 지금 서른아홉 살이란다.

물리학은 틀리지 않는단다. 시간이란 게, 인간이 만든 추상적인 개념임을 받아들이면 이런 사고는 전혀 불가능한 것이 아니었어.

아빠는 한 달 전, 1박 2일의 에너지 감시 기구의 연례 행사에 참석했단다. 아빠 혼자가 아니라 연구소 동료들과 함께 간 콘퍼런스지. 그런데 거기서 예정에 없던 시찰 행사를 따라가게 됐어. 누군가의 대행이라고 했지.

서울에서 세 시간 걸리는 한적한 농촌 마을이었단다. 물론 처음 가 보는 곳이야. 그런데 거기 도착한 지 십 분 만에 아빠는 너무 놀라서 뒤처졌단다. 거기는 아빠가 이미 알고 있는 곳, 겪었던 장소라는 걸 깨달았기 때문이지.

바로 달에서 아빠 눈앞에 나타났던 영상 속 공간이 거기 그대로 펼쳐져 있었어. 유조차를 뺀 모든 게 똑같았단다. 건물의 모양, 나무들의 배치, 플래카드와 경비병들, 근처의 개울 등이 다 말이다.

망상이 아니었던 거야.

경비가 삼엄해서 안에 들어가 볼 수는 없었지만 거기가 일본과의 합작으로 지어진 핵 폐기장이라는 건 의심할 여지가 없더구나.

서울로 온 아빠는 고민 끝에 미국에 가 있던 제이슨에게 전화를 했단다. 우린 서로 확인하지는 않았지만 분명 비슷한 경험을 했다고 믿었어. 그는 완곡하게 부인해 왔지만. 그는 내게 이렇게 말하더구나.

"오 필립, 제발, 절대로 다른 사람에게 이 얘긴 하지 말게. 자네더러 다들 공상 과학 소설이나 쓰라고 할 걸세. 한국은 어느 나라보다 안전하게 관리 감독하는 나라 아닌가. 그러니 제발 걱정하지 말게. 제발!"

어차피 기대도 안 했어. 그래도 답답했지. 뾰족한 수가 없나 궁리하던 끝에 여기저기 수소문을 하다가 국토 개발부에 있는 대학 동기 한 명을 찾아냈어. 그에게 내가 본 걸 얘기했단다. 다행히 미친 사람 취급은 안 하더라.

"이봐, 자네 스트레스가 심한가 봐. 건강이 안 좋으면 좀 쉬지그래?"

그 핵 폐기장의 실질적인 안전 관리 감독관이라는 이의 집까지 쫓아가 보기도 했단다. 물론 그는 나와 상종도 안 하려고 했지.

나는 차라리 내가 틀리기를 간절히 바랐단다. 아침에 뉴스를 검색할 때마다 빌었단다.

그런데 열흘쯤 뒤, 나는 인터넷 뉴스 한 꼭지에서 그 마을의 작은 사고라는 걸 보게 되었어. 기상 이변으로 일어난 폭우로 유조차가 그 시설물 하나를 들이받았다는 거지. 정확히 어떤 시설이고 피해가 일어났는지는 뭉뚱그려져 있었지. 그날 저녁 뉴스로 텔레비전에 나오긴 했지만 마치 농가의 젖소가 죽었다는 정도의 뉘앙스였고, 보도 시간도 일 분이 채 되지 않았단다. 그저 어수선해진 마을만 비추었는데 그건 시설물의 아주 먼 외곽이란 걸 나는 알았지.

나는 당장 그곳으로 차를 몰고 가 보았단다.

이미 마을 입구 30킬로미터 밖에서부터 차량 통제가 이루어지고 보도진들 역시 통제되고 있더구나. 기자들이 다 바보는 아니었던 거야. 도대체 뭔데 이렇게 막느냐며 그들도 불만이 높더구나.

내 얼굴을 기억해 준 고마운 직원이 아니었으면 나는 그 안을 구경조차 못 했겠지. 그 나이 많은 직원은 내가 원자력 발전소가 아니라 핵융합 연구소 소속이라는 걸 듣고도 안에 들어가는 걸 허락해 줬어. 아직도 많은 사람들이 핵분열과 핵융합이 비슷한 거라고 착각하거든!

아빠는 방독면과 방호복을 입고 그 안으로 들어갔단다. 방사능 측정기도 옆에 차고서.

루나야, 거긴 마치 달과 같이 황폐해져 있었단다. 열흘 전 봤던 그 마을이 아니었어.

내가 본 유조차, 미키 마우스 열쇠고리가 차창에 매달린 것과 플래카드에 Fuck You라는 페인트 글씨, 날아간 건물들과 부러진 나무들 다 예상대로였단다.

폭발 자체가 문제가 아니었어. 플루토늄이 유출되었는지도 몰라. 세슘과 스트론튬이 누출된 건 기정사실이었고.

근처 마을에 모두 대피령을 내리고 주민들을 모두 대피시켰느냐고 물었더니 그 친절한 직원도 얼굴이 굳은 채 대답을 피하더라. 그러고 있는데 측정기에 불이 들어오기 시작했지. 6.7밀리시버트. 이건 말이다, 서울의 50배가 넘는 수치란다. 놀라서 얼어 버린 나를 지나 수거 차량 한 대가 흙먼지를 일으키며 지나갔는데 그러자 바로 수치가 23.2로 치솟았어. 내 눈으로 보면서도 믿을 수가 없더구나. 측정기의 알람이 울리고 직원들은 나를 끌고 나왔어. 그때 누군가 외쳤어.

"저 안엔 101.01이야!"

비가 그치긴 했지만 내겐 숲 전체가 울부짖고 있는 것처럼 느껴지더구나.

반경 30킬로미터 안에는 민간인이 살지 않으니 괜찮다고 했지만 그 근처 어디에도 아무 경고도 하지 않은 게 확실했어. 기껏 한다는 말이 확실한 제염 작업을 하고 있으니 안심해도 된다고 하더라. 아니, 어떻게 그런 소릴 하며 믿으라고 한 걸까.

아빠는 넋이 나간 채 서울로 돌아왔단다. 일단 회사로 가서 퇴근 시간을 기다렸지.

그런데 저녁이 되자 국토 개발부의 공무원이라는 이들이 나를 찾아왔단다. 공무원들도 민첩한 데가 있더구나. 내 동창 녀석이 벌써 알렸을 줄이야!

담당자라는 이가 친절하게도 내게 한일 폐기물 협력 조약이라는 것에 대해 일러 주더구나. 그 법에 의거해 나는 주요 공직자로 분류돼서 비밀 준수 서약을 해야 한대. 그러면서 뭘 내놓았는 줄 아니? 나는 정말 그런 게 영화에나 나오는 건 줄 알았다.

아빠에게 내민 건 '침묵 각서'였어.

입을 다물라고?

아빠는 너도 알다시피 참을성이 많은 사람이야. 남에게 화를 내느니 속으로 삭이는 걸 택하는 편이지. 그러나 그때는 나도 모르게 너무나 화가 치솟아 목소리를 높였단다.

"이게 말이 됩니까? 이런다고 사고가 없던 게 되나요? 이렇게 심각한 사고를 숨긴다고 될 일입니까? 왜 언론에는 나오지 않죠? 사상자는 도대체 얼마나 됩니까?"

"이 박사님, 한번 도와주십쇼. 알 만한 분이 왜 이러십니까? 저희도 최선을 다하고 있습니다. 지금 얼마나 많은 사람들 복이 걸려 있는 줄 아십니까? 일단 이것부터 처리하고 얘기하시죠."

나는 그들의 성화에 못 이겨 일단 펜을 들었단다. 정말 사인을 해야 하나 고민하던 찰나에 그 담당자가 이런 말을 했지.

"걱정하시는 것만큼 사망자가 많진 않습니다. 다 충분히 보상할 겁니다. 일본 애들 원전 사고에 비하면 이건 약과죠."

약과? 루나야, 미리 말하지만 이건 결코 내가 잘했다고 하는 얘기가 아냐. 잘 알아듣길 바란다. 그 약과라는 말에, 아빠는 그만 이성을 잃었단다.

그 담당자의 얼굴에 주먹을 날리고 말았어.

아빠도 놀랐단다! 평생 남에게 맞아 보기만 했지, 먼저 주먹질을 해 본 적은 한 번도 없었거든. 주변에서 말리지 않았다면 아빠는 어쩌면 그 담당자를 묵사발로 만들어 놨을지도 몰라.

그는 코피를 틀어막으며 기가 막히다는 듯 비웃고 가 버렸단다.

"듣던 대로 참 순진하시군요. 아직도 감을 못 잡으시는 것 같은데, 나중에 후회할 날이 올 겁니다."

그러고 나서 아빠는 연구소에 병가를 내고 며칠이나 나가지 않았어. 엄마는 걱정이 태산 같았지.

루나야, 아빠는 다시 그 사고 현장을 찾아갔단다.

얼마 되지 않았지만 현장은 깨끗하게 정리되어 있었어.

하지만 폭발 장소 가까이의 식물들은 변색되어 있었지. 출입을 통제하고 있었지만 방독면에 흰옷을 입은 인부들이 나무를 자르고 물을 뿌리고 토양을 두텁게 긁어 내는 건 알 수 있었단다.

할 수만 있다면, 이 가을에 반경 100킬로미터 안의 낙엽들은 다 수거해야 그나마 안심할 수 있는 거란다. 하지만 정부에서 그렇게 할 가능성은 거의 없어. 저렇게 긁어 낸 흙조차 어디 먼 데다 슬쩍

버리고 가면 그곳 역시 고농도 방사능으로 금세 오염될 테지. 여기처럼 지하수와 공기와 식물과 동물들이 다 함께 영문도 모르고 죽어 가고 병들겠지.

이제 그곳은 아빠가 갔던 달의 '인식의 바다'와 정말 닮은 것 같았어. 달에서 느꼈던 청량함과 성취감이 여기서는 좌절감과 죄책감으로 바뀐 것만 다를 뿐.

그곳을 배회하는데, 이상하게도 아빠는 이 슬픈 현장에 와서야 혼자가 아니라는 생각이 들었어.

누군가 나와 같이 있는 기분, 그 임재감이 나를 일깨웠단다.

아빠가 틀린 게 아니었어.

그 마을을 나와 가장 가까운 읍내로 가 보니, 동물 보호 협회 회원들이 광장에서 시위를 하고 있었어. 그들이 외치더라. 토끼, 노루, 다람쥐 이런 작은 짐승들까지 모두 죄 없이 몰살당하고 있대. 군인들까지 동원되어 싹 다 처리해 어디론가 신고 가 버렸다는구나. 그들 중 한 명이 이런 말을 했어.

"방사능으로 돌연변이가 될 동물들이 위험하다면 사람들도 마찬가지 아닙니까? 그럴 땐 사람들도 싹 다 몰살시키겠네요, 이 정부는?"

이미 읍내는 심하게 술렁이고 있었어. 사고 지점에서 40킬로미터 지점이긴 해도 위험하다며 이사를 가야 한다는 사람도 있고 사고 레벨로 따지면 이건 5, 6등급의 심각한 누출이라고 주장하는 사람도 있었어. 후쿠시마와 체르노빌이 7등급이었단다. 게다가 비까지 왔으니 이미 흙에 다 스며들어서 물과 땅 다 그른 거라고 겁먹은 사람들도 있었어. 특히 아이 엄마들이 두려워했지.

그리고 원전 집시라고 일컫는 다국적 노동자들이 속속 그 현장으로 투입되고 있다고들 하더라. 보통 일당의 열 배를 주고 모집한 조선족 중국인 동남아인들인데 종종 한국인이나 일본인도 끼어있대. 신용 불량자나 실직자들 그리고 노숙자들, 그래서 얼굴 없는 노동자라 불리는 그들은 가장 위험한 뒤처리를 하게 될 거야. 운이 없으면 몸이 타 들어갈 정도의 심한 방사능을 쪼일 수 있는데도, 돈 때문에 하는 거지. 그건 엄연한 피폭 노동이야. 원래 사람다운 세상이라면 있어선 안 되는 위험한 직업이지. 하지만 막을 수도 없어. 원자력 산업은 빈곤과 차별을 배경으로 굴러간다는 걸 아빠는 실감했어. 아빠는 오랜만에 폭음을 했단다. 서울로 올라온 다음에는 며칠 동안 앓아누웠어. 몸과 마음이 다 아팠다.

고심 끝에 연구소에 사직서를 냈지. 상사들은 당황하며 걱정해 주었지만 말리진 않고 결국 수리하더라. 그들도 힘이 없는 걸 나는 알지.

이제 아빠는 존경하는 은사님이 많이 편찮으시다고 해서 한번 가 볼까 한다.

힘이 되어 주고 싶지만 늙고 병든 호랑이가 돼서 미안하다고 전화로 말씀해 주셔서 내가 더 죄송하더구나. 자제분이 유엔에서 아프리카 개발 일을 담당해 왔는데 이번에 보직이 다른 데로 바뀌었다며 한번 만나 보라고 하시더라. 물론 그럴 염치가 없지. 내가 무슨 대단한 사람이라고.

선생님을 뵙고 나면 그동안 적조했던 친구들도 만나 볼까 해.

특히 아빠가 의지하는 친구가 한 명 있는데 한참 못 봤어. 그 녀석한테는 이런저런 얘길 해 볼까 한다. 쉽게 하기 힘든 얘기지만 이해해 줄 것 같아. 만일 이해해 주지 못해도 할 수 없지. 그걸 강요할 순 없으니까.

맞아, 루나도 아마 알 텐데. 어렸을 때 너한테 뽀뽀해서 경기 일으키게 한 그 아저씨야. 기억나지?

희한한 일이 하나 더 있단다. 실업자가 된 지 얼마 안 되었을 때인데 모르는 사람의 문자를 받았어.

이름이 생소해 알아보니, 원래 이카루스 3호에 비행사로 선발되었던 분이 내 소식을 우연히 들었다며 연락처를 남겼더구나. 무슨 일일까. 일면식도 없는데. 그분처럼 강단 있는 환경학자가 나한테 볼 일이 뭐가 있을까.

루나야, 다시 말하지만 아빠는 이타적인 사람도 아니고 특별한 사람도 아니야. 용기 있는 사람은 더더욱 아니야. 그냥 평범한 물리학자야. 지구와 우주를 사랑하는. 이 모든 걸 소중히 지키고 싶은.

그래서 이럴 수밖에 없단다.

루나는 이해할 거야.

아빠 딸이니까.

그렇지, 똥강아지?

*

베이징의 하얏트 호텔, 먼지 한 톨 없는 앰버서더 스위트룸 한편에 두 노인이 머리를 맞대고 앉아 있다.

중국의 베르사유 궁이라 불리는 이 호텔은 금박을 입힌 호화로운 객실로 유명하다.

불사조와 용 그림이 천장과 벽을 수놓은 객실 한가운데 자리한 마호가니로 된 원형 테이블 위엔 장기판이 놓여 있다. 두 사람은 모두 이집트 면으로 된 최고급 실내 가운을 걸치고 맨발에 슬리퍼 차림이다.

정적을 깬 건 흰머리에 푸른 눈을 한 노신사다. 그는 올해 백열네 살 생일을 이 호텔에서 성대하게 치렀다. 마주 앉은 땅딸막한 노인은 전형적인 중국인의 얼굴이다. 그는 이제 겨우 백 살을 넘겼을 뿐이다.

"이거 기다리다 송장 치우겠네!"

"어허, 독졸은 단명이라도 독병은 천리를 간다지 않나. 옛말 틀린 게 하나 없다네."

"우 회장, 그런 말에 속지 않아. 자꾸 이러면 한 수 쉬는 수가 있네."

"많이 늘었구먼. 이거 원 장기 두는 재미가 없어."

"이게 옛날 한나라와 초나라 간의 전쟁에서 유래했다고 했지? 내가 말이야, 『사기』랑 『수호지』까지 구해서 읽어 봤지 않은가! 나는 항우의 기백이 맘에 들어!"

"귀마의 진출은 왜 미루시나?"

"생각 중이라니까. 참, 나한테 팬레터를 삼 년째 보낸다는 아이 얘길 내가 한 적이 있나?"

"아, 기억나. 세상엔 별의별 애들이 다 있다니까! 이런 이빨 빠진 퇴물 우주 비행사가 뭐가 좋다고!"

"자그마치 서른 통째 팬레터를 보내온 걸 보니 나도 신기하더군. 그래서 한번 읽어나 보자 하고 봤더니…… 이게 말이야, 그 애 아버지가 내 동지더군. 오 년 전에 이카루스 3호에 탔던 인물이야. 전직 물리학자고."

"가만, 그거 어디서 들은 얘긴데…… 한국인 맞지? 우리 손자가 한번 말한 적 있네. 같이 갔었다고."

"오, 맞아, 그 손자는 잘 지내나? 아주 소문이 자자하더군. 우 씨 네 핏줄은 역시 어디 안 가나 봐."

"뭘, 실속이 없어. 자꾸 인정에 휘둘리고."

"하여간 그 꼬맹이 편지를 가져오라고 해서 싹 다 읽어 봤지. 그 아버지와 딸 모두 내 오랜 팬이더군!"

"감격했나?"

"뭐, 내가 그리 인격자로 산 것도 아니고 남한테 베풀고 이러는 거 아주 질색인 거 우 회장도 알잖나? 그런데 그냥 남 일 같지 않아. 딸아이 생각도 나고."

"……."

"일생 동안 그 아이는 이랬지. 우리 아빠는 달에 간 우주 비행사였고 나는 마약쟁이가 됐다고."

"……."

"기분이 묘해."

"그 꼬맹인 뭐래? 사인을 원하나? 당신 사인은 이제 돈도 안 될 텐데."

"자기 아빠를 위해 기도해 달래. 그 외엔 없어. 답장해 달라는 말조차 없어. 그 아빠라는 이가 투병 중이더군. 나를 꼭 만나고 싶어 했대."

"흐음."

"우리가 새로 론칭한 그 바이오 사업 있잖나, 우주선에 실으려고 만든 자가 의료 포드, 그거 버그를 다 잡아냈다고 했던가?"

"거의 다 했지. 아주 지긋지긋해. 뭔 의사들은 그렇게 까다로운지, 시험 운행을 십몇 년째 했잖아. 근데 그건 왜?"

"……."

"허, 천하의 버즈가 이런 면이 있었나?"

"이제는 말이야, 달에 갔다 온 동료가 한 명이라도 더 살아 있으면 좋겠네. 닐이 죽은 지도 벌써 삼십 년이 넘었어. 아폴로 11호 동료들은 다 죽었고. 이봐, 우 회장. 아시아 시장에서 우리 사업 이미지를 생각해도 그렇고……, 그리고 어차피 가동은 시켜 봐야 되지 않나? 어떻게 생각하나?"

"수지가 안 맞는 거 당신도 알 텐데."

"그거야 맞추면 되지. 왜 이래, 다 아는 처지에."

"정말 의외군. 자넬 안 지가…… 음, 그러니까 오십 년도 넘었는데 이런 모습은 처음인 거 같구먼."

"자넨 이해하기 힘들 거야. 그 꼬맹이의 편지를 읽어 보면 알려나?"

"그 정도야?"

"마치 어린 시절의 날 보는 것 같다니까! 열 살짜리가 양자 얽힘에 관한 인과관계의 해석을 고민하더군!"

"뭔지는 모르지만 소름 끼치는구먼."

"자, 장군일세. 이거 외통수야!"

"아니 이런! 이럼 안 되지. 한 수만 물러."

"아니, 그런 게 어딨나."

"한 수만 무르면 내 그 제안 고려해 보지!"

"진짜지?"

"아무렴."

"자, 물렀어. 잊지 말게, 그 자가 의료 포드, 그 친구에게 넘기기로 한 걸세!"

서울의 한 대학, 콘퍼런스 룸에서 열 명 남짓한 사람들이 회의를 마치고 막 일어나고 있었다. 그중에는 필립의 아내, 희영도 끼어 있다. 모두가 그녀에게 가벼운 목례나 악수를 청하고 서서히 빠져나갔고 이제 단 두 명만 남았다.

그들을 향해 희영이 먼저 입을 열었다. 목이 잠겨 있다.

"이게 정말 최선이겠죠?"

"그럼요. 잘한 선택이십니다."

그렇게 대답한 사람은 대머리에 아르마니 슈트를 빼입은 남자다. 번쩍거리는 시계에 햇살이 반사되었다. 여자는 가볍게 한숨을 쉬고는 곧 자리를 빠져나갔다.

남은 한 남자는 여자가 완전히 사라진 뒷모습을 확인한 후 입을 열었다. 그는 꾸깃꾸깃한 흰 가운을 걸치고 있다.

"도대체 자네 정체는 뭐지?"

"호오, 김 교수. 이거 너무 무례한 거 아냐?"

"지난번까지는 더 이상 새로운 수술법은 없다고 그렇게 단언해 놓고 이제 와서 더 진보한 방법이 나타났다고 떠드니 어떻게 믿을 수 있겠나. 거기다 나를 제외하고는 다들 아는 분위긴데, 이건 뭔가?"

"듣고 보니 그러네. 나도 왜 이런 일에 휘말렸는지 가끔 신기하다니까. 누가 보면 내가 다 조종한 것 같겠어! 그렇지?"

"이런 방법은 솔직히, 황당무계하다는 생각까지 들어. 그런 신기술이 어떻게 아직 공개되지 않았는지, 임상 결과는 어떻게 숨길 수 있었는지…… 도무지 이해가 안 가!"

"김 교수, 그건 숨기기 나름인 거지 당신이 무능해서 그런 건 아냐. 인류가 달에 간 건 1969년, 그건 마치 20세기에 끼어든 21세기 같은 이변이었지. 그리고 처음 컴퓨터라는 게 나왔을 땐 말이오, 최대 컴퓨터 회사 DEC의 창업주는 개인이 집에 컴퓨터를 가지게 될 일은 절대 없을 거라고 단언했어. 망발이었지. 그리고 IBM은 마이크로소프트의 가치가 2억 달러도 안 된다며 매입을 거절했고. 물론 몇 년 뒤 땅을 치며 후회했지. 인류는 기술의 발달과 문명의 도래를 예측 못 해. 이 자가 의료 포드는 지금 말한 그것들보다 더한 의료 과학의 혁명이야! 솔직히 인공 지능보다 더한 개가지! 누가 자기 머리에 인공 지능을 심길 원하겠나? 하지만 이건, 모든 인간들의 불로장생의 시험대가 될 거야!"

"비용은?"

"이봐, 자네 졸았나?"

"그게 얼마나 고가의 장비인지 난 모르겠어. 짐작도 안 돼. 왜 의료계와 유엔 에너지 위원회와 기타 듣도 보도 못한 데서 연결해 줬는지도 몰라. 여전히 그게 필립한테 온 연유가 마땅치 않다고.

이건 저번보다 더, 하늘에서 뚝 떨어진 느낌이야."

"그래, 이해해. 나도 잘 믿겨지지가 않아서 어젯밤에 자다 깨서 생각해 봤다니까! 이렇게 될 확률이 얼마나 될까 하고. 내가 모르는 다른 사실이 있진 않을까. 나도 의심스러워!"

"……."

"자네에게 다 말할 순 없어. 이해하라고. 아 참, 이번 달에 한국에서 드디어 방사능 물질 확산 예측 시스템 SPEEDI를 2,000억 원에 수입해 왔다는 뉴스 들었나?"

"무슨 뚱딴지같은 소리야?"

"한국에서 그 비싼 장비를 처음으로 도입하는 데 방아쇠를 당긴 사람이 누군 줄 아나?"

"……."

"맞아, 필립이야. 필립이 몸담은 에너지 감시 단체가 이 정도 실권을 쥐게 될지 아무도 몰랐지. 한국은 정말 다이내믹한 나라야. 예측이 안 돼! 그건 그거고, 난 필립에 대해 알면 알수록 경이롭다네. 같이 소변을 누며 낄낄거렸던 친구가 이런 사람이었나 싶어. 그 소심하고 고지식하고 사교성 없는 친구가 말이야."

"……."

"전에도 이런 얘기가 나왔던 것 같은데, 세상일은 때로 신기한 우연에 의해 연쇄적으로 굴러가는 게 아닌가 싶어. 우리 아버지는 그게 바로 주역의 원리라고 우기는데, 글쎄……. 알다시피 우리 집

안은 우주 상업 서비스 계열사도 가지고 있네. 먹고살 만한 정도야. 거기 고문으로 버즈 박사라는 자가 있어. 아폴로 11호를 탔던 걸로 한평생 우려먹는 할배지. 내가 보기엔 살짝 맛이 갔어. 아니, 아주 많이 맛이 갔지. 그런데 우리 할아버지가, 그런 프로필 가진 양키들한테는 껌벅 죽거든. 그 고문료는 하나도 안 아까운가 봐! 하여간 말이야, 필립의 딸이 그에게 몇 년 동안이나 편지를 보냈었다는군."

"뭐? 루나가? 도대체 왜?"

"내 말이! 이게 믿어지냐고! 그런데 말이야, 자네는 정말 친구에 대해 모르는 게 많군. 아주 오래전부터 필립은 그 미친 우주 비행사의 열성 팬이었다네! 믿어지나? 어찌나 그 얘기를 지겹게 하던지. 그 딸애도 아빠를 따라서 그랬겠지 뭐. 역시 과학자 집안은 참 별종들이 많아. 난 공부 때려치우길 정말 잘했다니까!"

"그럼, 그게⋯⋯."

"나도 정확한 맥락은 몰라. 도대체 버즈니 우리 할아버지가 왜 갑자기 튀어나왔는지! 다만, 이 세상은 참 재밌는 곳인 것 같아. 내게 필립은 그저 스쳐 가는 존재일 뿐이라고 생각했는데, 그 친구 때문에 나도 혼란스러워. 다시 말하자면, 이건 정말 밑질 게 없는 기회야. 우리 집안과 관계되어서 말하는 게 절대 아니야. 이건 실패 자체가 불가능한 장비야. 그냥 넣어 두고 케어만 받아도 그 나노 입자인지 뮤 입자들이 재생을 돕는다잖아. 이건 나보다 자네가 더 잘 이해해야 되는 내용이야, 안 그래? 하여튼 로봇 수술이나 냉동 기술하고는 차원이 다르다고 하니 아마 두 달 뒤면 결판이 날 걸세. 더 악화될 순 없어. 현상 유지만 된다고 해도 전보다는 나을 거야. 자, 나는 이제 이만하겠네! 이 몸은 오늘 밤 리우데자네이루 행 비행기를 타야 한다네, 서둘러야 돼!"

그는 상대의 어깨에 손을 올리며 이렇게 속삭였다.

"자넨 그의 행운을 여전히 안 믿는군. 난 믿는데 말이야. 필립은 이렇게 될 걸 알고 있었던 게 아닐까, 그런 생각도 들어. 그는 특별하다고 내 누우가 말했잖나!"

"……."

제이슨은 문을 닫고 나가려다 민준을 불렀다.

"이봐, 김 교수!"

"왜?"

"내 언젠간 말하려고 했는데 말이야."

"또 무슨 얘길 하려고?"

"너무 심각하게 듣진 말고."

"도대체 뭘?"

제이슨은 빙글거리며 이렇게 외쳤다.

"시간 나면 헤어스타일 좀 어떻게 해 봐. 정말 최악이야!"

"루나야, 유니 만났어?"

"응."

"유니가 뭐래?"

"......."

유니는 뇌 자극 치료를 받고 보름이 지났는데도 등교하지 않았다. 원하던 대로 되어 전학을 갔나 하던 차에, 유니는 불쑥 학교에 나오기 시작했다. 외할머니의 표현대로라면, 유니는 애가 셋 딸린 삼십 대 과부 같은 표정을 짓고 있었다.

담임 선생님은 학생들에게 유니가 힘든 치료를 받았는데 만족스러운 결과를 얻지 못해 힘들어하니 귀찮게 하지 말라고 하셨다.

상담 선생님은 루나에게 처음으로 이런 말을 했다.

"루나야, 너는 강한 애니까 유니가 극복할 수 있도록 도와주렴. 유니는 전보다 마음이 더 아플 거야. 다른 친구라면 부탁을 안 하겠지만 우리 루나는 유니에게 특별한 친구란다."

"저는 자신이 없어요."

"선생님은 말이지."

그녀는 잠시 말을 멈추고 숨을 고르는 듯했다. 왜 그런지 알 수 없었다.

"루나만 보면 가슴이 먹먹해. 네가 그동안 얼마나 힘든 시간을 보냈을지, 참 기특하고 대견하단다. 네가 아무리 숨겨도 다 알아. 선생님이 루나였다면 이렇게 잘하지 못했을 것 같아."

"......."

"그러니까 이제 또 루나가 유니 곁에 전처럼 있어 주면 돼. 기다려 주고."

"기다리는 건 자신 있어요."

"그래, 그거야."

처음으로 상담 선생님이 마트 아줌마가 아니라 좋은 선생님처럼 느껴졌다. 엄마가 좋은 선생님이라고 말한 건 다 이유가 있었나 보다.

그래서 루나는, 자기와 노마를 보고도 무표정하게 지나치는 유니를 보고도 참을 수 있었고, 유니의 집을 찾아가서 초인종을 누르고도 열어 주지 않는 유니에게 화가 나지도 않았다.

일주일이 지나서 유니는 천문대에 왔다.

아이고, 이게 얼마 만이냐, 볼살이 다 빠졌구나, 하고 반가워하는 장 씨 아저씨에게 말없이 고개만 까닥했다. 여전히 경련으로 목이 흔들렸고 루나에게 똑바로 걸어와 이렇게 말했다. 그 표정은, 엄마의 '한판 해보겠다는 거야?' 하는 표정과 어딘가 비슷했다.

"나, 주기율표를 다 까먹었어."

루나는 뭐라고 대답해야 할지 몰랐다.

"너희들이랑 놀던 것도 거의 다 까먹었어. 21세기를 빛낸 가장 뛰어난 과학자라든가 악당이라든가, 빅뱅이나 초끈 이론이나 양자 역학이나 핼리 혜성 같은 정보들은 다 리셋됐어. 명왕성의 위성이 몇 개인지도 까먹었고 우주에서 가장 무서운 별이 뭐고 가장 작은 별이 뭔지 그런 것도 모르겠고, 순열이나 패턴, 이런 것들은 적어 놓지 않았다면 지금 말하지도 못했을 거야."

"……."

"그렇게 머리가 나빠졌는데, 성격은 더 나빠졌어. 그렇다고 정상이 된 건 아냐. 조금씩 전처럼 돌아올 거래. 그래도 친구로 지낼 수 있겠어?"

"응."

"그럼 됐어."

이 말을 마치고 유니는 팔짱을 낀 채로 뒤를 돌았다.

"근데 말이야 너,"

루나는 유니가 가 버리기 전에 급히 말했다.

"너 지금, 까칠하고 자기만 알고 남의 말은 죽어도 안 듣는, 아주 평범한 열두 살 여자애 같아."

유니는 흘깃 루나를 쳐다보더니, 짧게 대꾸했다.

"고마워."

"별거 아냐."

끝까지 유니 얼굴엔 웃음기나 부드러운 미소는 나타나지 않았다. 언뜻 유니가 미소를 지은 것도 같았지만 순식간에 사라져서 확신할 순 없다.

"그게 다야?"

노마는 이 얘기를 듣고 실망한 것 같았다.

“응.”

“……”

“걱정하지 마. 언젠간 우리랑 같이 놀게 될 거야.”

“실망이야. 난 유니가 아주아주 재수 없게 변하면 어떻게 대응할까, 그 다양한 전략을 표로 만들어 놨다고.”

“안됐다.”

“그렇지? 나는 왜 이렇게 되는 일이 없지?”

“그러게 말이야. 어쩜 그렇게 너는 운이 없니? 너보다 심한 사람은 못 본 거 같애. 나 지금 기름기 의사 만나러 갈 건데 같이 갈래?”

“미안해, 루나. 운이 없기론 네가 최곤데. 내가 생각이 짧았어.”

“노마.”

“응?”

“너 공감하는 능력이 전에 비해 꽤 는 것 같아. 무슨 비법이 있니? 살도 조금 **빠**졌어.”

“글쎄. 밤새워 표 만드느라 그런가. 다섯 끼 먹을 걸 세 끼밖에 안 먹었어. 그 표, 내가 얼마나 정교하게 만들었는데. 유니의 모든 약점을 아주 치졸하게 다 파헤쳤거든!”

“그럼, 나 가 볼게.”

“생각해 보니까,”

노마가 평상시의 둔감한 하마 같은 표정으로 물었다.

"네가 기름기 의사를 왜 그렇게 싫어하는지 모르겠어. 세상엔 더 지질하고 비열하고 벌레 같은 놈들이 널렸잖아, 안 그래?"

8. 너의 보이저 2호

민준은 책상에 앉아 학생들의 리포트를 보고 있다가 노크 소리
를 들었다.

"들어오세요."

문이 열리더니 이곳에 나타날 거라고는 전혀 생각 못 한 한 사
람이 모습을 드러냈다.

"어? 아니, 네가…… 여기 웬일이냐? 무슨 일 있니? 야, 이거 해
가 서쪽에서 뜨겠는걸. 자, 어서 들어와라. 여기 앉을래? 아님 여
기?"

그 작은 연구실에 3인용 소파가 있긴 했지만 너무 낡고 더러워
꼭 병이 옮을 것 같았다. 소파 주인은 전혀 개의치 않고 먼지 나는

방석을 한 번 털어 손님을 앉혔다.

"뭐 마실 것 줄까? 오렌지 주스? 사과 주스? 요구르트? 저지방 우유? 가만있자, 뭐가 더 있나 보자. 아 참, 먹으면 안 되는 음식이 있었나? 그런 건 없지? 알레르기는 없었지?"

"아무거나 주세요."

민준은 자기 의자에 걸려 한 번 넘어질 뻔했고 커피메이커 코드에 물을 쏟아 불을 낼 뻔한 다음 냉장고를 다 뒤져 소비 기한이 지나지 않은 주스를 찾아냈다. 그러고는 컵에 따르다 쏟은 뒤, 새 컵을 꺼내고 냉장고를 다시 뒤지기 시작했다.

자기가 얼간이처럼 보이리라는 건 안다. 이상하게도 민준은 루나 앞에선 필요 이상으로 호들갑을 떨었고 늘 그게 악순환이 되어 왔다.

필립의 사고 후, 루나를 어떻게 대해야 할지 몰라 할 때, 한 동료가 조언해 주었다. 어린 여자아이에겐 친구처럼 자연스럽고 격의 없이 대하는 게 제일 좋다고.

민준보다 그리 나을 것도 없는 고리타분한 친구였는데 왜 그 말을 철석같이 믿었는지 모르겠다. 그래도 무게 잡고 섣부른 위로나 충고를 하느니 그편이 나을 것 같았다.

이건 그때 그 사건의 후유증인지도 모른다.

육 년 전 그 일이 머릿속에서 지워지지 않았다. 필립과 희영은 괜찮다고 했지만 너무 미안해 한참 연락도 못 했었다. 루나는 아마 기억하고 있는 것 같다. 그러니까 늘 나만 보면 저런 떫은 표정을 짓는 거겠지. 언젠가는 루나도 이해해 주겠지.

"아저씨."

루나는 끈적거리는 컵을 티슈로 닦아 내고 기름기 의사를 똑바로 쳐다보았다.

"이 편지 때문에 왔어요. 뭔지 아시겠어요?"

루나는 지금도 실감이 나지 않았다. 얼마 전까지는 이 사람과 이렇게 둘이 한방에 있다는 상상도 하기 싫었을 것이다.

노마 말대로 그가 나쁜 사람은 아니다. 악당은커녕 악당 졸개도 못 된다. 선의가 지나치면 남을 불편하게도 한다는 교훈을 적나라하게 보여 주는 어른일 뿐이다.

하지만 사람의 심리란 게 묘해서, 루나에게 쩔쩔매니까 더 무시하고 못되게 굴고 싶어졌다. 남에게 이런 대접을 받아 본 적은 있어도 이렇게 해 본 적은 없다. 자신을 못살게 굴던 아이들의 기분이 이런 거였을까 싶다.

엄마 말대로라면, 이 사람은 이 대학 병원의 교수에다 의사라고 했다. 어른들끼리 있을 땐 전혀 칠뜨기처럼 보이지도 않았다. 그런데 왜 나한테만 그러는 걸까?

"이게 뭐니?"

루나는 차분하게 설명을 시작했다. 두 달 전 받은 편지와 은행의 부도 사태, 그 대여 금고를 찾기 위한 기나긴 오디세이, 그 긴 여정을 모두 얘기했다.

민준은 아무 말 없이 경청했다. 그가 이렇게 오래 입 다물고 있는 모습은 처음 보았다. 그를 바라보고 있으니 약간은 마음이 편해졌다. 아까는 주스 한 잔 갖다 주면서 온갖 오두방정을 떠는 모습에 그냥 없던 일로 하고 나갈까 생각했었다.

"루나야…… 세상에, 그게 바로 너였구나."

민준의 얼굴은 평소와 달라져 있었다. 당혹스러우면서도 사려 깊고 진지한 얼굴이었다.

"나는 그게 너라고는 정말 생각 못 했어. 은행에서 금고 물품을 찾아가라고 연락이 온 건 작년 말이야. 은행에서 특정 날짜가 되면 자동으로 등기 발송이 될 거라는 얘긴 이미 알고 있었지만 나는 수신자가 누군지는 몰랐어. 그 날짜가 바로……."

"제 생일 일주일 전이었어요."

"그랬구나, 그랬어. 아빠는 이미 그런 걸 염두에 두고 신청해 놓은 거였어."

"결국, 아빠가 맡긴 거죠?"

"그렇지. 사고 나기 두 달 전인가? 뜬금없이 내게 얘기하더라. 누군가에게 보내려고 준비한 게 있다면서, 발신자를 모르게 하려고 내 연락처를 적어 놨다고 했어. 내가 '애인이라도 생겼어?' 하고 농담을 했는데도 네 아빠는 웃기만 하고 더 말하지 않더구나."

"……."

민준은 일어나서 책상 윗서랍 하나를 열쇠로 열고 작은 봉투 하나를 들고 왔다.

"이거였어. 난 열어 보지 않았단다. 여기 있다. 아, 이런…… 이게 그럼 네 열 살 생일 선물이구나."

민준의 손이 떨리고 있었다.

루나는 조심스레 그걸 받았다. 그리고 뜯어 보았다.

한 장의 디스크였었다.

루나는 목구멍이 간질거리기 시작하는 걸 참고 헛기침을 했다.

그 디스크는 어디서 많이 본 모양이었다.

아…… 이건, 그 옛날 칼 세이건의 책에서 본 건데…….

루나의 손이 잠시 떨렸다.

유난히 반짝거리는 금색, 일명 골든 디스크.

거기 작은 글씨가 적혀 있었다. 역시 본 듯한 손글씨.

너의 보이저 2호

"뭔지 알겠니?"

루나는 숨을 크게 들이마셨다. 일어나자 앞이 하얘진 느낌이었다. 루나는 민준의 컴퓨터로 다가갔다.

"여기서 잠깐 봐도 될까요?"

"그럼, 괜찮지. 어서 틀어 봐라."

시간은 얼마 걸리지 않았다.

파일 여덟 개. 각각 클릭해 보니, 앞의 파일 두 개만이 루나가 갖고 있는 것이었고 나머지는 처음 보는 것이다.

바로 그렇게 루나가 찾아 헤맸던, 달에서부터 시작되는 아빠의 영상 편지다.

루나는 디스크를 빼 들고 다시 소파로 와 앉았다. 멍하니.

루나는 심호흡을 한 번 더 하고 앞에 놓인 주스 한 잔을 한입에 털어 넣었다. 민준이 한 잔 가득 더 따라 주자, 그것도 한 번에 꿀꺽 마셨다. 맛도 느낄 수 없었다.

얼마나 시간이 흘렀는지 모른다. 민준은 루나가 신경 쓸까 봐 숨소리도 내지 않고 루나의 눈치만 보며 가만히 앉아 있었다.

"아저씨."

"그래."

"뭐 좀 물어봐도 되나요?"

"그럼, 그럼."

"저한테 뭐 잘못한 거 있으세요?"

"엉?"

"저한테 늘 절절매시잖아요. 너무 잘해 주려고 하시고요. 정말 우리 엄마한테 흑심이 있는 건 아니시죠?"

"뭐? 흑심?"

그가 본연의 모습으로 돌아가 방정맞게 켈켈켈 웃기 시작했다.

그 방정맞은 웃음이 루나를 안심시켰다.

"루나야, 말도 안 되는 소릴 하는구나. 아저씬 약혼녀가 있어. 미국에 있어서 자주 못 볼 뿐이야. 내 결혼식 땐 네가 들러리를 서야될지도 몰라. 아저씨가 처신을 잘못해서 그런 오해를 사게 했구나. 하여튼 절대 아니란다. 그런데 너, 네 살 때 일 기억하고 있던 거 아니었니?"

"도대체 뭘요?"

"내가 너한테 뽀뽀했다가 병원에 실려 갔던 일 말이야."

루나는 그의 얼굴을 한참 쳐다보았다.

그 팔푼이를 기억하느냐고? 당연히 기억한다. 그런데 그 사람은 검은 뿔테 안경에 군인처럼 촌스러운 밤톨 머리였는데.

"아 맞아, 그 시절하고 내 비주얼이 좀 달라졌지. 안경 벗고 머리를 길렀으니까."

기름기에 전 단발머리를 그는 휙 넘겨 보였다. 아, 쉰 냄새가 풍긴다. 루나는 자신도 모르게 코를 움켜쥐었다.

"그 팔푼이가 아저씨였다고요?"

"응, 나야. 네가 날 싫어하는 건 애초에 그것 때문인 줄 알았는데, 아니었니?"

그랬었구나, 역시…….

그래, 이 우주엔 그런 인과 관계가 있는 법이다.

난 모든 걸 기억하고 있던 게 맞다. 역시 사람은 쉽게 안 변한다.

그때도 똑같이 주접스러웠어. 싫다는데도 억지로, 내게 온갖 아양을 떨면서 뽀뽀를 했던 인물. 그 생각을 왜 못 했을까. 그 팔푼이가 이 칠뜨기랑 같은 패턴이라는 걸 진작에 눈치챘어야 했는데. 그런 주접은 그렇게 똑같기 힘들다는 걸 알아챘어야 했는데.

루나의 머릿속에 잠시 버퍼링이 생겼다 깨끗해진 느낌이었다.

"루나야, 알고 나니 좀 시원해졌니?"

루나는 고개를 끄덕거렸다. 그는 신이 나서 평소처럼 아무 얘기나 막 떠들며 호들갑을 떨고 있었다. 이런 아저씨가 어떻게 아빠랑 친한 친구였을까, 혹시 우리 아빠도 밖에서는 저런 울트라 주접 대마왕이었던 걸까. 설마? 아냐, 절대 그럴 리 없다. 하여간 이해가 안 간다.

"뭐 하나 더 물어봐도 돼요?"

루나는 문득 질문을 던지고 싶어졌다.

"그럼, 되지. 그 대신 아프지 않게 살살."

아, 저 썰렁하고 재미도 없는 구닥다리 유머. 나중에 혹시 친해지면 얘기해 줘야지. 제발 그런 유머 좀 하지 말라고.

"아저씨, 우리 아빠는 어떤 사람이었어요?"

그의 얼굴이 확 변했다. 이건 뭐 만화에 나오는 투페이스 같다.

조심스럽고 사려 깊은 저 표정은 도대체 어디에 숨어 있다 튀어나오는 걸까. 혹시 저 물미역 같은 머리에?

그래, 난처하고 힘든 질문이긴 해. 루나는 그를 빤히 주시했다.

"아빠는 말이야……."

그는 소파에서 일어나 천천히 걸어갔다. 커피를 더 따라 들고 온 그는 듣기 좋고 차분한 목소리로 이야기를 시작했다.

"아저씨랑 아빠는 이십 년 넘게 알고 지냈지만 아저씨는 지금도 아빠를 완전히 모르겠어. 아빠는 속이 깊고 남이 하기 힘든 생각을 하는 사람이야. 학생 땐 참 바른 생활 청년이었고. 남에게 아쉬운 소리도 못 하고 농담 한마디 할 줄 몰랐지. 아빠랑 아저씬 그런 성격이 비슷해서 친해졌어. 당시 버클리 대학원엔 한국인 학생이 거의 없어서 더 그랬는지도 몰라. 우리 둘 다 그렇게 나이 들 줄 알았단다. 아빠도 단조롭고 전형적인 물리학자의 삶을 꿈꿨을 거야. 그런데 아니었어. 천체 물리학을 하다 플라스마 핵융합의 길로 전공을 틀 줄은 예상 못 했고 아레시보 천문대에서 일하게 된 것, 달 탐사선을 타게 된 것, 그리고 너도 기억하겠지만 연구소를 관두고 그런 환경 운동가가 된 것 모두 정말 상상도 못 했던 일이란다.

루나야, 이건 확실하게 말할 수 있어. 내가 아는 사람 중에, 네 아빠만큼 용기 있고 통찰력 있는 어른은 없어. 순수하고 정직한 사람들은 많지만, 그저 튀지 않게 살려고만 노력하지. 아빠가 그 정도로 강단 있는 줄도 몰랐고 그 정도로 세상과 부딪치며 살게 될 줄, 나는 정말 몰랐단다.

네 아빠가 옳았어. 아저씨는 그게 참 후회돼. 조금 더 일찍 아빠 말을 믿어 줄걸……. 근데 그러지 못했어. 아빠가 너무 융통성이 없다고 여겼어. 특히 달에 갔다 와서, 아빠는 많이 힘들어했거든. 나한테도 솔직하게 다 얘기 못 하고 혼자 끙끙 앓았던 것 같다. 친구란 게 말이다, 그래서 있는 건데. 내가 그런 친구가 못 돼 준 것 같아 미안하단다. 그렇게 오래된 친군데도 아빠를 이해하지 못했어. 아빠가 했던 걱정들, 그냥 과민한 거라고 치부했지. 조금 더 일찍 아빠의 고민을 들어 줬더라면 한결 나았을 텐데…… 좋은 친구라면 그래선 안 되는 거였는데…… 얼마나 혼자 외로웠을까.

아저씨는…… 정말 아빠에게 미안하고, 그리고 후회한단다. 만일, 아빠랑 이대로 이렇게 헤어지게 된다면, 아저씬…… 아마 일생을 후회하며 살 거야. 의사로서 과학자로서도 난 실격이야. 아빠에게 아저씬 많이 배웠어. 아주 많이. 루나 너는 상상도 못 할 만큼, 아빠는 멋진 과학자란다. 아빠 같은 과학자는, 본 적이 없어. 정말로. 아, 이런…… 내가 또 주책맞게…….”

아저씨는 벌써 눈이 빨갛게 충혈되어 있었다. 손수건으로 눈을 찍어 눌렀지만 충혈된 눈은 가라앉지 않았다.

“아저씨.”

“응?”

“비밀 지키실 수 있어요?”

“그럼! 당연하지. 누구 부탁인데.”

“좀 생각해 보고 말씀하시면 안 될까요?”

“그래, 생각해 봤다. 됐지?”

"아저씨."

루나는 왜 갑자기 그러고 싶었는지 모르겠다. 아저씨가 아빠에게 미안하다고 말해서 그런 건가. 등이 딱딱해지고 목구멍이 간질거리고 콧속도 시큰거렸다. 얘기하고 싶었다. 아주 많이.

"아빠가 사고 난 거요."

루나는 차마 상대방의 눈을 똑바로 쳐다보지 못했다. 아저씨도 나를 미워하게 될지 몰라. 하지 말까? 하지 말까? 하지 말까?

"그건 제 탓이에요."

민준의 얼굴이 약간 일그러졌다.

"무슨 말이니, 그게?"

"아빠는 제 연을 꺼내 주려다 떨어진 거예요. 저는 아무한테도 얘기를 못 했어요. 제가 바보같이 연을 놓쳐서 그게 나무에 걸려서 아빠가 그걸 가지러 나무에 올라간 거예요. 저 때문이에요. 아빠가 저렇게 된 건요."

누가 봐도 충격 받은 얼굴이다.

루나는 이제 그가 전처럼 굴지 않을 거라고 확신했다. 그런 범죄 사실을 알고도 배알도 없이 알랑거릴 리가 없다.

"루나야, 정말 너는 이 얘길 아무한테도 안 해 봤구나? 그렇지?"

루나는 고개를 끄덕거렸다.

"이런 세상에……."

그는 잠시 할 말을 잃고 멍한 얼굴로 루나를 바라보았다. 그리고 무겁게 입을 열었다.

"루나야. 내 말, 잘 들어라."

혹시 나를 경찰에 넘기려는 걸까. 설마.

"네가 생각하는 건 사실이 아냐! 너 때문이 아냐! 왜 아무한테도 묻지 않았니? 엄마한테 왜 얘길 안 했어? 그럼 다 알려 줬을 텐데!"

"절 위로하려고 지어내실 필요는 없어요."

"아냐 아냐, 무슨 소리! 네 연 때문이 아니라니까. 연은 이미 아빠가 찾아서 밑에다 던져 놨었어! 그러고 나서 한참 있다 아빠 다시 그 위로 올라간 거야. 거기서 계속 휴대폰으로 사진을 찍었어. 축대 건너편에서 뭔가를 보고 나중엔 동영상으로 바뀌 찍었더구나. 그러다가 들개인지 살쾡이인지 노루인지, 방사능 동물들이 그 위에 몰려와서 나무가 흔들리는 바람에 아빠가 중심을 놓치고 축대 위로 착지하다 미끄러진 거야. 이건 다 아빠 휴대폰에 찍혀 있는 사실이야. 알겠니?"

이상하다. 콧속이 계속 시큰거렸다. 아니, 콧속이 축축해졌다. 정말 예상치 못한 전개다.

"정말…… 저 때문이…… 아니라고요?"

"그렇단다. 평상시라면 절대 사람에게 접근하거나 인가 쪽으로 오지 않았을 동물들이 종종 공격적으로 변했다는 뉴스, 너도 들어 본 적 있을 거야. 잘못이라면 그 동물들에게 있지. 그렇게 방사능

으로 동물들을 피폭시킨 나쁜 어른들이 더 책임져야 되고……. 그
건 절대로 네 탓이 아냐. 설사 연 때문이라 하더라도 어떻게 그게
네 탓이겠니, 루나야. 가엾게도…… 그걸 여태 그렇게 생각해 왔다
니…… 참 딱하구나. 왜 진작 얘기하지 않았니? 왜 그랬니?"

가엾게도,에서부터 콧물이 나오기 시작했다.

눈물은 나오지 않았다.

축축해진 콧속에서 콧물 한 방울이 톡 떨어지더니 연달아 몇 방
울이 똑똑 떨어졌다.

입술을 지나 턱 밑으로 콧물이 흐르기 시작했다. 입술 안으로 들
어온 콧물은 평소와는 맛이 달랐다. 시큼털털한 콧물 본연의 맛이
아니라 짭짤했다. 혹시 눈물이 이런 맛일까, 하는 생각이 문득 들
었다.

찔끔찔끔 나오던 콧물이 이제는 아예 흐르기 시작했다. 눈물이
주룩주룩이 아니라 콧물이 주룩주룩이었다.

이런 루나의 모습을 보고 있던 아저씨가 티슈를 가져와 한 장을
뽑아 주었다.

"저는…… 저 때문이라고…… 그래서 전 나쁜 애라고…… 늘 생
각해 왔어요."

콧물이 나와 말을 제대로 할 수가 없었다. 조금 전까지만 해도
멀쩡했는데 이상한 일이다. 코를 풀어도 풀어도 계속 막혔다. 팽팽
풀어도 소용이 없었다. 아저씨 눈에는 눈물이 맺혔다. 콧물은 아직

아니지만 아저씨의 눈과 코가 다 빨갛게 됐다. 그런 아저씨를 보고 있으니 왠지 루나 가슴이 저릿저릿했다. 콧물이 계속 흘렀다.

"그걸 왜 혼자만 품고 있었니?"

"말하면 엄마가 가슴 아플까 봐요. 아니, 엄마가 절 미워할까 봐요. 사람들도 다 절 욕할까 봐 겁이 났어요."

겁이 났어요, 라는 말을 콧물이 먹어 버렸다. 마치 얼굴 전체가 콧구멍이 된 기분이랄까.

아저씨가 가져다준 티슈가 어느새 동이 났고 코 푼 휴지가 쌓이기 시작했다. 열 살 평생 이렇게 코가 많이 나온 적도 없었고 지금까지 흘린 콧물을 다 합쳐도 이만큼은 안 될 것 같았다.

"불쌍한 것, 얼마나 혼자 괴로웠겠니……."

그가 옆으로 다가와 루나를 가볍게 안았다. 어깨동무하듯이 한쪽 팔로 톡톡 두드리는 정도긴 하지만 앗, 이러면 또 발작할지 모르는데 싶어 걱정이 스쳐 갔다. 그런데 콧물 때문에 모든 신경이 그쪽에 집중되어서인지 신기하게도, 아무렇지 않았다. 그제서야 아저씨가 말했다.

"아 참, 넌 포옹도 싫어하지?"

"괜찮아요. 참을 만하네요. 근데 아저씨, 제 코가 잘 보이시나요? 혹시 닳아서 없어지진 않았죠?"

"아니 뭐, 그건 아닌데…… 아이고 진짜 많이 헐었다! 그러다 피 나겠어! 그런데 루나야, 콧물 좀 더 흘려도 돼. 어른들도 울고 나면 마음이 시원해지거든, 너도 그럴 거야."

"전요,"

루나가 코를 팽, 하고 세게 풀었다.

"아빠한테 미안해서……"

이젠 콧물이 누런 덩어리로 고체화되기 시작했다. 코를 푼 자신도 아우, 더러워 싫었지만 나오는 걸 막을 도리가 없었다.

"너무 미안해서요……. 근데 아저씨!"

"응?"

이렇게 잘 우는 남자 어른은 처음 봤어요, 라는 말을 하려는데 콧물 때문에 이젠 목까지 막혔다. 크르륵 크르륵, 하고 가래 올라오는 소리를 내니 약간 낫긴 했다. 아저씨도 이제 루나처럼 콧물까지 흘리며 울고 있었다.

"전요,"

누런 콧물 덩어리를 팽, 풀고 한 일 초 정도 시원해졌지만 금세 콧속이 부어오르고 옹달샘처럼 콧물이 모여들었다. 코로 만든 옹달샘 같았다.

"아빠가요."

아, 더 이상은 안 된다.

코 푸는 손목에 힘이 빠졌다. 손이 아파서 못 풀겠다. 지쳤다. 코 풀기를 포기해야 할 것 같았다.

"아빠가 너무너무 보고 싶어요, 아저씨."

"그래, 그렇겠지."

"너무너무너무 보고 싶어 미치겠어요."

"그래 아무렴, 그렇겠지."

"너무너무 보고 싶어서 목이 아프고 등이 무거워져요."

"등이?"

"네. 거북이처럼 등딱지가 딱 붙어서 안 떨어지는 기분이에요. 너무 무거워서 숨을 못 쉬겠어요. 아빠 생각을 할 때마다, 보고 싶을 때마다 등이 무거워서 울고 싶어요. 울진 못하지만 울고 싶어요. 펑펑 울어서 등이 가벼워졌으면 좋겠어요."

루나가 말을 마치고 고개를 드니, 참 안됐다 싶을 정도로 아저씨가 호엉엉 흐느끼고 있었다.

"근데요, 아저씨 참 잘 우시네요."

"미안하다 루나야. 어른이 되어 가지고 이러면 안 되는데……."

루나는 눈이 팅팅 부어오른 아저씨를 쳐다보았다. 너무 부어서 눈이 보이지 않았다. 웃기긴 한데 웃음이 나오진 않는다.

"사실 나도 말이다."

"……."

"너처럼 등이 무거워지진 않지만,"

"……."

"나도 정말 네 아빠가 보고 싶단다."

"……."

"물론 너만큼은 아니겠지만, 나도 너무너무 네 아빠가 보고 싶단다."

루나는 그의 등을 토닥여 주었다.

"괜찮아요. 저도 이해해요."

"너만큼은 아니지만 참 그리워."

"저도 그래요. 그립다는 말을 하니까 더 그리운 것 같아요."

"그래, 입 밖으로 소릴 내니까, 진짜 더 그립지? 정말 말하지 않았으면 어땠을까 싶게 어마어마하게 그립지?"

"네. 아빠가 어마어마하게 그리워요. 너무너무 그리워서 가슴이 터질 것 같아요. 차라리 제가 아빠 대신 누워 있으면 좋겠어요! 제가 어떻게 하면 아빠가 깨어날 수 있을지, 아빠는 이런 우릴 보고 슬퍼하지 않을지, 이런 걸 생각하면 또 가슴이 터질 것 같아요!"

그건 안 되지, 그런 생각 하면 안 되지 루나, 하며 아저씨는 다시 루나를 안고 꺼이꺼이 통곡을 하기 시작했다.

……그리워, 너무 그리워, 저도요, 나도 그렇단다…… 엉엉, 홀쩍홀쩍, 팽팽…….

어느새 탁자 위에는 코 푼 휴지가 에베레스트 산맥처럼 쌓였다. 맞은편 소파가 보이지 않을 정도였다.

이러다 콧물이 안 멈추면 어떡하지, 하고 루나는 순간 겁이 살짝 났지만 여긴 병원이니 사실 걱정할 것도 없다는 걸 알았다.

루나는 이제 코 밑의 인중이 따끔거려 고개를 쳐들고 최대한 공중에서 코를 풀기 시작했다. 콧물이 분수처럼 솟아올랐다. 퐁퐁. 그랬더니 이제는 머리가 띵해졌다. 정말 가지가지였다.

"아저씨, 코가 막히면 머리도 아파져요?"

그러자 아저씨는 잽싸게 일어나 선반에서 주사기 같은 걸 가져와 루나의 콧구멍을 펑, 하고 변기처럼 뚫어 주었다. 아저씨도 꽤 쓸 만한 의사라는 사실이 드디어 입증되었다!

"아저씨, 너무너무 그리우면 너무너무 지칠 수도 있나요? 왜 500미터 달리기를 한 기분일까요?"

루나가 묻자 아저씨는, 루나야 그만 말하고 차라리 좀 자렴, 그럼 코가 안 나올 거야, 하고는 담요 하나를 덮어 주었다.

"아저씨가 나쁜 사람이 아닌 줄은 원래 알았어요."

그래 고맙다, 하고 말했지만 별로 고마운 표정은 아니었다.

"그런데 머리만 좀 잘라도 그렇게 오징어처럼 보이진 않을 거예요."

아저씨가 고맙다고 한 것 같기도 하고 아저씨가 중얼거리는 소리가 들린 것도 같았다. 이런, 쓰레기 봉투가 꽉 찼네, 20리터짜리도 모자라겠어…….

루나는 잠에 빠져들면서 탁자 위에 코 푼 휴지들이 꼭 아이스크림 같다는 생각을 했다. 그러고는 소르르 잠이 들었다.

꿈속에서 어떤 목소리가 들려온 것 같았다. 분명히 아저씨의 목소리는 아니었다. 다른 사람이었다.

―잘 자라, 똥강아지. 오늘은 양을 안 세도 되겠구나. 그렇지?

루나도 꿈속에서 대답했다.

―굿나잇 아빠. 아빠도 잘 자요.

9. 아빠는 미래를 기억해

루나야.

많은 시간이 흘렀네.

그동안 우리 루나에겐 좋은 일이 많았어. 전학 간 학교에서 친구도 사귀었어. 대단한 발전이야. 그렇지? 아빠가 데려간 공원 천문대도 마음에 쏙 든다고 했지? 아빠랑 주말마다 갔다면 정말 좋았을 텐데 미안하구나.

엄마랑 툭탁거리며 다투는 횟수가 늘어난 건 좀 마음에 걸린다.

루나야, 이 세상에서 우리 루나를 무조건 사랑할 수 있는 사람은 오직 둘뿐이란다. 바로 엄마와 아빠. 그러니 엄마한테도 좀 더 상냥한 딸이 되었으면 좋겠구나.

엄마는 아빠 때문에도 마음 고생을 많이 했거든.

아빠가 연구소를 관두고 집에만 있을 때 엄마는 아빠한테 별말도 없이 새로 직장을 구했어. 다들 물었을 거야. 남편은 뭐 하는 사람이냐고.

아빠가 새 직장에 나가게 됐을 때 모처럼 이탈리안 레스토랑에 가서 외식했던 거 기억나지? 아빠도 엄마가 그렇게 기뻐하는 모습을 보니 흐뭇했어. 비록 전에 다니던 연구소보다 연봉이 3분의 1로 줄긴 했지만 말이야.

루나야, 아빠는 하고 싶었던 일을 하게 돼서 많이 행복하단다. 이 직장에 아빠를 추천해 준 송 선생님께도 정말 감사하고.

전에 아빠보다 먼저 이카루스 3호의 한국인 비행사로 선발됐지만 도중하차했다는 아저씨, 기억나지? 일본에 대한 소신 있는 발언으로 그렇게 됐다는 분. 아빠에게 새 직장에서 일해 보지 않겠느냐고 먼저 연락을 준 이가 바로 그 송 선생님이란다. 인사 한번 나눈 적 없던 사이에다 어쩌면 아빠가 껄끄러울 수도 있었을 텐데, 선뜻 추천을 해 주다니, 참 아량이 넓은 분이시더구나. 이 세상이 정말 좁은 건지 아빠가 복이 많은 건지, 우리 루나도 아빠 대신 착한 일 많이 하고 살아야 돼. 아빠가 받은 만큼 루나가 베풀어야 하는 거야. 세상은 돌고 도는 법이거든.

지금 아빠는 방사능 오염을 예측할 수 있도록 감시 기구를 만들고 조사도 하느라 늘 밖으로 돌아다녀서 몸은 전보다 힘들긴 해.

일본도 가지고 있었지만 제대로 활용 못 한 '스피디(SPEEDI)'라는 방사능 물질 확산 예측 시스템을 우리 현장에도 모두 구비할 수 있게끔 다양한 경로로 압력을 넣고 청문회를 열도록 하는 게 아빠의 주된 임무야.

한 대에 1,000억 원이 넘는 장비인 데다, 일본처럼 운영비를 감당하지 못해 모셔만 놓을 수도 있어서 사실 쉬운 일이 아니야. 하지만 이게 구비되면 많은 사람들의 건강을 지킬 수 있어. 아니, 최소한의 안전이라고 말하는 게 정확하겠지. 우리나라는 아직도 성장을 포기하지 못하고 그 성장의 대가 또한 지불하려 하지 않기 때문에, 이런 일들은 참 갈 길이 멀구나.

루나야. 아빠가 하는 얘기 이제부터 잘 들어.

보름 뒤에 우리 루나랑 엄마랑 다 같이 어떤 경치 좋은 펜션에 놀러 가게 될 거야. 아는 분이 싸게 예약해 줬다고 엄마가 기뻐하던 모습 너도 봤을 거야. 너무 오랜만에 하는 가족 여행이니까 그러는 것도 당연해.

검색을 해 보니, 아빠가 아는 어느 위험한 시설 업체에서 40킬로미터밖에 안 떨어진 곳이더구나. 그렇다고 저렇게 엄마가 좋아하는데 여행을 취소할 수도 없고. 다른 데로 가자고 해도 뚜렷한 명분이 없구나. 엄마는 그걸 이해하기 힘들 거야.

루나야, 전에 아빠가 미래에 대한 얘기 했던 것 다 기억하니? 요즈음 아빠는 더 자주, 미래를 생각해. 아니 기억해.

내 미래가, 그리고 이 이야기가 어떻게 이어질지 아빠는 알고 있어.

기억하니까 알 수 있어.

루나야. 아빠는 말이다, 네 열 살 생일 때 곁에서 축하해 주지 못할 걸 알고 있어. 아빠가 너에게 너무나 미안하게 생각하는 일은 이것 말고도 많아. 네가 언젠가 새로 발견한 중성자별의 좌표에 대해 얘기할 때 그 반짝이는 눈빛을 봐 주지 못해 미안해.

같이 플라네타리움에 들어가 함께 그 별을 바라보지 못하는 것도 미안하고 더 이상 새로운 연을 만들어서 같이 날려 주지 못해 미안해. 우리 루나가 자다 깼을 때 "자, 이제 양을 세 보자." 하고 다시 재워 줄 수 없어 미안해.

같이 눈 위에 누워서 스노 엔젤을 하지 못해 미안하고 낱말 맞추기 퍼즐을 같이 하지 못해 미안하고 두 리처드 중에, 그러니까 도킨스와 파인만 중에 누가 더 괴팍하고 고약한 과학자인지 토론해 주지 못해 미안해.

네 키가 클 때마다 식탁 옆 줄자로 표시해 주지 못해 미안하고 엄마와 싸울 때 누가 더 나쁜지 판정해 주지 못해 미안하다.

버즈에게 팬레터를 어떻게 쓸지 의논해 주지 못해 미안해.

그리고, 오랫동안 루나 곁에 있어 주지 못하고 눈을 맞춰 주지 못하고 네 숨소리를 들어 주지 못해 아빠는 정말로 미안해.

하지만 루나야, 아빠는 더 먼 미래도 기억한단다.

너의 대학 졸업식 날을 아빠는 흐릿하게 떠올릴 수 있단다.

그 자리에 내가 있는지 없는지는 확신을 못 하겠다. 거기에 내 모습이 보이지 않거든.

너는 남들보다 몇 살 일찍 입학해서 학사모가 너무 클 거야. 그게 자꾸 흘러내려서 엄마가 눈썹을 가린다고 다시 씌워 줄 테고, 너는 괜찮다며 또 실랑이를 할 거야. 휠체어를 탄 중년 남자가 옆에 있고 체격이 푸짐한 남학생과 올리브처럼 호리호리한 처녀가 네 옆에 붙어 사진을 찍을 거야.

그 사진을 찍는 사람은 누굴까. 그게 나였으면 좋겠구나. 지금은 알 수 없단다.

아빠 친구 김 교수도 그 뒤에서 웃고 있구나. 여전히 아줌마 같은 요상한 머리를 하고 있어.

루나야, 잘 들어.

우리 식구는 펜션 여행을 갔다가 예상 못 한 일을 겪게 될 거야.

거기서 우리는, 아빠가 만든 멋진 연을 날릴 거야. 나비 모양의 그거 말이다. 네가 늘 걸레 같다고 생각하지만 차마 아빠에게 말하지 못하는 그 연.

그러다가 아빠는 새 떼가 수십 마리 죽어 있는 들판을 목격하고 그걸 촬영할 거야. 저녁이라 잘 보이진 않지만 그건 주변부 방사능 확산의 근거로 제시될 중요한 자료가 될 거야. 사살한 동물들은 늘

쥐도 새도 모르게 없어지곤 했는데 이번엔 그 시체들을 부검해 피폭 정도를 언론에 낱낱이 공개할 수 있을 거야.

그러면 우리가 몰랐던 다른 흉포한 사실들도 공개될 거야. 한번 물꼬를 트면 일은 걷잡을 수 없이 진행될 거야. 그건 아빠가 직접 하진 못할 거야. 하지만 아빠의 동료들이, 선의를 가진 사람들이, 방사능의 위험을 실감한 많은 사람들이, 정치적 이해관계를 떠나 우리 아이들의 미래를 걱정하는 사람들이, 새도 나무도 흙 내음도 제비들과 개구리와 자두나무들과 물새들도 공존하길 바라는 많은 사람들이 동참하게 될 거야. 그래서,

우리의 미래는 과거를 닮지 않을 거야.

아빠는 그걸 믿어.

사랑하는 우리 딸, 루나야.

혹시 아빠에게 안 좋은 일이 생겨도 너무 놀라지 말고, 특히 너와는 아무 상관 없는 일, 어차피 일어날 일이라는 걸 알기 바란다. 우주의 순리라고 생각해 주렴. 아빠는 이렇게 예정된 인생을 걸어갈 뿐이란다.

정확히는 모르지만, 아빠 인생의 가장 끔찍한 시간들이 곧 시작될 거야.

그리고 아빠는 그걸 받아들이려고 해.

루나야. 우리 인간에겐 경이로움을 향한 시적인 욕망이 있단다.

과학의 원동력도 이와 다르지 않지. 과학 안에도 아름다운 시가 존재할 수 있고, 그럴 수 있도록 노력해야 하는 게 바로 과학자의 임무란다. 인간의 존엄성은 꺾이지 않아. 우리가 우주를 탐구하는 건 평화로운 공존을 위해서라고 했지?

그러니까, 우린 승리할 거야.

약하고 느리더라도, 아빠 그 사실을 믿어.
우리 루나처럼 특별한 아름다움도 장애가 되지 않아.
누군가를 비정상이라 부른다면 그것은 새로운 정상의 다른 이름일 뿐이야.
알겠지?
너의 특별함이 방사능 때문에 생긴 후쿠시마 디지즈의 일종일 수도, 그게 아닐 수도 있지만, 그렇다 하더라도 그것이 우리 루나의 미래를 막을 수는 없어. 그런 것이 인간 자체를 규정하는 건 아니란다. 어림도 없는 소리지. 루나는 용감하게 극복해 나가리라는 걸 아빠는 알아. 우주의 일부, 지구의 일부인 우리 루나는 정말로 대단하고 눈부신 존재거든.

자, 아빠가 사랑하고 자랑스러워하는 나의 딸, 나의 분신, 나의 영원한 똥강아지, 루나야.

아빠가 젤리빈을 코에 대여섯 개씩 집어넣는 것보다 더 더럽고 바보 같고 우습고 역겨운 장난을 만들어 주지 못해도, 기다려 주렴.

기억해 줘, 루나. 아빠는 늘 너를 사랑한다는 것, 그리고 미안해한다는 것. 아빠는 너의 영원한 보이저 2호야. 알지? 보이지 않아도 어딘가에서 네 주변을 돌고 있는 바로 그것 말이다.

꼭 기다려야 돼, 똥강아지.

꼭이다.

약속해야 돼.

*

그날 루나는 결국 민준에게 업혀 집에 왔다.

자면서도 콧물이 흘렀고 깨고 나니 폭포처럼 콧물이 터져 항생제와 진정제를 연달아 맞았지만 별 차도가 없었다. 콧물 때문에 목도 붓고 열도 내리지 않았다. 열 때문인지 볼거리처럼 양 볼도 부어올랐고 코 밑은 헐다 못해 피가 나 반창고를 붙여야 했다. 엄마와 할머니가 루나의 얼굴을 보며 몰래 킥킥거렸다는 걸, 루나도 알고 있었다. 거울 좀 보겠다는데 엄마가 끝까지 거울을 숨긴 이유도 짐작이 되었다.

엄마는 루나에게 턱받이를 해 주었고 누렇게 콧물로 떡이 된 턱받이를 수시로 바꿔 주었다. 게다가 기침도 심해졌고 약간 흥분하면 딸꾹질까지 해서 루나는 말할 수 없이 괴로웠다. 아이를 본 모든 사람들은 보기 드문 삼단 콤보라고 신기해했다.

"루나, 한 번만 더 해 봐. 잘 찍어 줄게."

콧물을 훌쩍훌쩍대다 콜록콜록거리고 잠잠해진다 싶으면 딸꾹딸꾹거리는 영상은 노마에게 찍혀 주변 사람들에게 두루 전송되었다.

"루나야, 보아라. 나는 노마 말을 전혀 믿지 않았는데 지금 보고서도 믿기지가 않는구나. 얼마나 힘들겠니. 나는 상상도 못 하겠다. 얼굴도 꼭 불타는 고구마 같구나. 부디 푹 쉬고 어서 보자꾸나."

천문대 장 씨 아저씨는 눈물을 글썽이는 위로 영상을 보내 왔다.

베드로 아저씨는 "아직은 봐줄 만하다. 절대 유튜브에 누출되지 않도록 조심해라."라는 간결한 조언 한 줄을 보내왔고 상담 선생님은 "그래도 다음 주에 상담은 올 수 있겠지? 호호호, 아이고 이런, 웃으면 안 되는데…… 안됐구나, 얘."라는 영상을 보내왔다.

민준은 매일 와서 루나를 보고 갔다.

"이건 의학적으로 정말 희귀한 케이스란다. 아무리 뒤져도 사례가 없더라. 그래도 걱정 마. 밥도 잘 먹고 배변도 원활하니까 뭐 큰일은 없을 거야."

엄마는 루나가 걱정되어 밤에 잘 자지도 못했다. 루나는 진심으로 엄마에게 미안했다.

“엄마, 죄송해요. 내가 너무 짐스럽죠?”

“아니, 그냥 찐따 같고 더러워.”

엄마는 정색을 하고 말했다. 엄마의 유머 감각이 이렇게 늘었다는 걸 왜 몰랐을까.

유니는 자기가 보려고 산 하이틴 잡지와 로맨스 소설 한 뭉텅이를 들고 와서는 심심할 때 보라고 했다. 그리고 루나를 근심스러운 듯 보다가 딱 한마디만 묻고 갔다.

“이거 전염은 안 되는 거지?”

루나는 학교도 안 가고 콧물만 닦으면서 아빠가 준 영상 편지를 보고 또 봤다. 수천 번은 될 것 같다. 외울 수도 있었다.

노마와 유니가 하도 졸라서 영상 일부를 살짝 보여 주었다.

달에서 직접 찍은 그런 귀한 영상을 애들이 어디서 보겠는가. 친구로서 인심 좀 쓴 것 같아 루나는 흐뭇했다.

두 친구는 보고 나서 자기들끼리 작게 숙덕거렸다. 루나는 못 들은 척했다.

“우리가 그 개고생을 한 게 겨우 이거 때문이야?”

친구들은 영상을 이십 분 정도밖에 안 봤으니 그럴 수 있다. 루나는 어차피 아빠의 비밀과 그 풀 스토리를 다 보여 줄 생각이 없었다. 아빠의 외로운 싸움을 이해하려면, 친구들에겐 시간이 필요할 것이다. 루나는 믿기로 했다. 많은 시간과 노력, 그 정도는 각오하고 있다. 아빠, 나는 알고 있었어. 걱정 마요.

루나는 아빠의 영상을 보며 머나먼 우주를 생각했다. 아빠 말대로 그 먼 곳에서 아장아장 걸어온 자신의 존재 의의를 생각했다. 오염된 지구를 근심하는 존재로서, 그리고 미래의 과학도로서, 루나는 의연해야 한다고 생각했다. 아빠가 이렇게 속삭이는 것 같았다.

"너는 핵융합 물리학자이면서 우주 비행사이면서 자유인이고 진실의 탐구자였던 아빠, 이필립의 딸, 하나밖에 없는 딸 루나야. 그러니 두려워할 게 뭐가 있겠니?"

한편 루나의 콧물이 많이 줄어들 즈음, 아빠는 삼 년의 시간을 보낸 재활 병동을 나와 새로 지은 으리으리한 연구 병동이라는 데로 옮겨졌다. 세상에서 오직 아빠만을 위해 제작됐다는 자가 의료 포드로 입실했다고 엄마가 알려 줬다.

"아빠는 작은 우주 캡슐 같은 데로 들어갔어."

같이 갔다 온 외할머니는 이렇게 표현했다.

"원, 무슨 관 짜서 무덤에 넣는 것 같더라!"

엄마는 중요한 일을 앞두고 무슨 그런 재수 없는 소리냐며 외할머니에게 분통을 터뜨렸지만 외할머니는 맞는 말 아니냐며 끝까지 버텼다. 처음으로 루나는, 외할머니의 딸로 살아온 엄마의 세월이 측은해졌다.

기름기 의사, 아니 김 교수 아저씨는 그 캡슐 사진을 찍어 와 루나에게 보여 주었다.

"크기는 크진 않지만 지금 인류가 축적한 기술의 결정체란다. 마치 20세기에 21세기의 기술로 달에 간 것처럼, 이건 22세기의 기술이야."

"전 마음에 들어요. 아주 아늑해 보이고 아빠한테 어울리는 것 같아요. 그런데 만일 저 안에서 방귀가 나오면 어떡하죠?"

"음, 유독가스는 알아서 처리될 거야. 너도 마음에 들어 할 줄 알았다. 정말 얼마나 많은 사람들이 아빠가 회복되기를 바라는지 모른단다. 빠르면 한두 달 뒤부터 차도가 보일 수 있다고 했어."

"아저씨."

"응?"

"아빠가 제게 이렇게 말했어요. 끔찍한 시간이 닥치겠지만 꼭 기다리라고요. 그 메시지를 남겼어요."

"그래…… 그랬구나."

"전 믿어요."

"그래."

"엄마한테는 비밀이에요. 혹시라도 잘 안 되면 엄만 너무 실망이 커서 슬퍼할 거예요. 이젠 제가 엄마를 지켜 줄 거예요."

"기특하네. 루나, 아프면서 많이 컸구나."

"나쁜 생각들이 다 콧물로 빠져나간 거 아닐까요?"

"일리 있는 말이야. 그런데 혹시 체중이 줄었니?"

"네. 1.5킬로그램이나요. 그게 다 콧물이었을까요?"

"나도 궁금하구나. 아저씨가 샘플로 좀 가져가도 되겠니? 한번 알아봐야겠다."

"얼마든지요. 세탁기 안에 턱받이랑 손수건이 가득해요. 다 가져가셔도 돼요."

"그래, 고맙다."

"아저씨, 도킨스 있죠, 제가 두 번째로 좋아하는 과학자 리처드 도킨스가요, 우리 인간은 모두, 우리 스스로 생존 기계라고 했어요. 그 말 맞는 것 같아요."

"그래."

"그런데요, 우주를 탐구하는 건 평화로운 공존을 위해서라고 한 사람은 누군 줄 아세요?"

"글쎄다."

"바로 제가 첫 번째로 좋아하는 과학자가 한 말이에요."

"누구지?"

"에이, 아시면서……."

"아핫!"

"아시겠죠?"

"그래, 네 아빠 말이구나!"

"네, 맞아요."

"응, 아빠다운 말이다."

"그리고 또 아빠가 뭐랬는 줄 아세요?"

"뭐라고 했는데?"

"우린 승리할 거래요."

"……."

"어? 왜 벌써 눈이 빨개지세요? 아저씨는 눈물이 너무 흔하네요. 무슨 수도꼭지 같아요. 저기, 그렇게 우니까 머리카락이 꼭 대걸레 같아요! 이 손수건이라도 드릴까요?"

"음, 글쎄…… 다른 건 없니?"

"이게 제일 상태가 양호한 편인데요."

"됐다. 그냥 마르겠지 뭐."

"아저씨, 아빠는 아름다움이 장애가 되지 않는댔어요. 그 말 어떻게 생각하세요?"

"그래. 맞는 말이야."

"그런데요. 전 잘 이해가 안 가는 게 있어요."

"응."

"우리가 뭘 승리한다는 걸까요?"

"글쎄."

"하여간 우린 이길 거예요. 그렇죠?"

10. 아빠와 젤리빈과 나

자가 의료 포드에 입실한 환자 곁에는 스물네 시간 간호사들이 상주하며 바이탈 센서를 체크하고 있었다. 의사나 다른 의료진은 이틀에 한 번씩 와서 체크했다. 국내에서 최초로 이루어지는 시술이라 많은 레지던트와 인턴들이 자원했지만 엄격하게 통제된 인원만이 출입할 수 있었다.

젊은 레지던트 한 명이 캡슐 밖 복도에서 동료에게 속삭였다.

"저 환자, 김민준 교수님의 친구래. 너도 기억나냐? 오륙 년 전에 일본 애들이랑 이카루스 3호에 탔던 과학자, 바로 그 사람이래."

"야, 다 알고 있지. 실은 나도 그때 지원해 볼까 했었는데. 뭐 서류 전형에서 똑 떨어졌겠지. 저 양반은 참 복도 많네, 그땐 그랬었는데.”

“그 얘기 들었어? 달에 갔다 온 게 뇌세포에 이상을 일으켰을 수 있대. 우주 소립잔가, 뭐 그런 거 때문에.”

“그거 다 뻥이야.”

“야, 저기 잔소리 아줌마 온다.”

삼 년 동안 필립의 상태를 지켜봤던 18층 수간호사는 다른 경력자 한 명과 함께 이곳으로 배치되었다.

루나와 엄마가 한 달 만에 처음으로 필립을 보러 왔을 때도, 그녀는 반갑게 모녀를 맞아 주었다.

“루나는 더 예뻐진 것 같다. 뭐가 달라졌지?”

“코가 조금 높아졌어요. 하도 코를 풀어서 콧구멍 치수가 늘어났거든요.”

루나가 수간호사와 수다를 떠는 동안 엄마는 별말 없이 캡슐만 지켜보았다.

“그런데 그건 뭐니? 사탕이니?”

“네. 캡슐 안에 살균 소독한 물체는 반입 가능할지 모른다고 아저씨가 그랬어요. 김 교수님이요.”

“그래? 유감스럽지만 그건 안 된단다. 이건 내가 가지고 있을게. 이거 먹는 거 맞지?”

“네. 저휜 주로 콧구멍에 넣었지만요.”

수간호사는 그게 무슨 말인가 싶어 루나를 빤히 쳐다보았다. 이윽고 루나는 젤리빈과 아빠와 자기에 대한 길고 긴 이야기를 들려주었다. 마지막에 아빠가 그걸 먹는 장면을 너무 실감 나게 재현하자, 수간호사는 이제 됐다며 만류했다. 엄마가 이제 그만 가자고 하는데도 루나는 수간호사에게 그 얘기를 더 해 주지 못해 아쉬워했다.

그리고 또 한 달이 지났다.

늦은 밤, 나이트 간호사들이 가장 견디기 힘든 밤 1시.

담당 간호사는 까무룩 졸고 있었다. 다른 동료들은 아무 할 일도 없는 편한 보직이라고 부러워했지만 너무 무료해 수시로 잠과 싸워야 했다. 두 달을 경과하자 이젠 교수님들도 뜸해져서 병동은 정말 한산했다.

이러면 안 되겠다 싶어 간호사는 커피 머신에서 에스프레소를 한 잔 내렸다. 역시 막 내렸을 때가 맛이 최고야, 하며 커피를 음미하기 시작했을 때 순간적으로 앞에 있는 센서에서 뭐가 반짝거렸다. 간호사는 들고 있던 커피잔을 급히 내려놓다 뜨거운 커피가 손등에 튀었는데 알아차리지도 못했다.

파란 불이 여섯 개였다.

이 센서에 들어오는 버튼의 종류와 경우의 수는 약 마흔 가지

정도가 되었다. 낮은 단계의 그 많은 경우의 수를 다 건너뛰고 파란 버튼만 여섯 개 켜지는 건, 그리 높은 확률이 아니었다. 아니, 처음 교육을 받을 때 그건 70분의 1의 확률이라고 했었다.

간호사의 심장이 뛰기 시작했다. 간호사는 손으로 가슴을 한 번 쓸어내리고 코드 블루 전용 전화기를 들었다. 손이 덜덜 떨렸다.

"선생님, 빨리 오세요. 블루 벨이에요. 네? 그럼요. 아휴, 무슨 말씀이세요? 당직 선생님도요. 빨리요!"

콜을 하고 의사들이 달려오는 데 채 오 분도 걸리지 않았다.

젊은 레지던트는 침착하려고 애썼지만, 흥분을 감추지 못해 상기되어 있었다. 전 세계 바이오 테크놀로지계가 주시하는 이 환자의 소생을 내가 제일 먼저 보게 되다니, 그걸 접한 의사로 역사에 남을지 모른다는 생각에 긴장을 안 할 수 없었다.

"자, 일단 첫 번째 커버만 개봉하세요."

삼 개월을 씌워 놨던 캡슐 뚜껑이 서서히 올라가고 있었다. 여섯 명의 의료진은 그 열린 캡슐 안을 침착하게 주시했다. 그리고 서서히 매뉴얼대로 작동을 시키기 시작했을 때, 수간호사가 들어왔다. 역시 다른 의료진들처럼 멸균복을 갖춰 입었다.

"자, 다시 해 보죠."

"이것도 정상입니다."

"이것도요."

"체크 끝났습니다."

의료진들은 세심하게 환자를 살폈다.

아직 확연한 변화가 눈에 띄는 건 아니었다. 시간이 흐르고 있었다. 한 사람이 CT 화면을 주시하다가 외쳤다.

"여기 보세요! 소뇌 반구 부분이 계속 빛나요."

간호사 한 명도 조심스레 입을 열었다.

"지금 입 근육도 살짝 움직이기 시작했어요."

뭔가 뇌에서 손이나 팔다리의 움직임을 연상하고 있다는 신호였다. 그러나 산소 마스크를 뗄 수도 없었고 너무 오래 성대와 후두부를 쓰지 않아 목소리를 내는 것은 불가능했다.

"교수님한테 연락한 지 얼마나 됐지?"

"십오 분 안에 도착하신댔어요."

"선생님, 어머머, 아 죄송해요. 환자 손가락이…… 방금 움직였어요!"

"다시 체크해 봐요. 나 잠깐 나갔다 올 테니까."

담당 레지던트는 인턴에게 다른 지시를 내리고 바로 자리를 떴다. 아마 직접 담당 교수에게 달려가는 듯했다.

수간호사는 캡슐로 다가가 환자 입에 귀를 바짝 댔다.

"이필립 씨, 제 얘기가 들리면 아무 손가락이나 움직여 보세요."

모두가 뚫어지게 쳐다보았다. 아주 천천히 시간이 흘러갔다. 몇 분이 흘렀을까. 보일 듯 말 듯했지만 결국 움직임은 없었다. 누군가의 낮은 한숨 소리가 새어 나왔다.

뇌파만이 정신없이 요동치고 있었다.

담당 의사 세 명이 달려와 각종 센서를 다시 작동하기 시작했다.

그렇게 몇 시간이 지났다.

"앗, 움직였어요!"

스물네 시간이 경과했을 즈음, 돌아가며 환자를 주시하던 네 명의 간호사 중 한 명이 외쳤다.

처음 검지손가락 하나가 움직이는 데 이 분여가 걸렸다. 그다음 손가락이 움직이는 데는 일 분 삼십 초 정도가 걸렸다.

"선생님, 환자의 입이 벌어졌어요!"

잠시 눈을 붙이고 온 수간호사가 병실로 막 들어왔을 때 누군가가 말했다.

입은 간신히 달싹이는 모양새였다. 그래도 분명히 살짝 벌어졌고 움직였다. 그리고 손가락의 협응도 점차 속도가 빨라졌다. 사람들은 그가 손가락으로 글자를 그리고 있다는 걸 아무도 몰랐다. 몇 십 분이 지나서야 그의 입을 유심히 쳐다보던 막내 간호사가 자신 없는 목소리로 수간호사를 불렀다.

"저 선생님, 제가 청각 장애인 병동에서 와서 입 모양을 좀 아는데요."

일순 주위가 조용해졌다.

"그래? 뭐라고 말하는 줄 알겠어? 여기가 어디냐고 그래? 왜 여기 있느냐고 물어?"

"저, 그게 근데…… 조금 이상해서요."

"빨리 말해 봐."

다른 간호사 한 명은 그의 손가락 글씨를 계속 집중하고 있었다. 그녀도 말했다.

"저도 한 글자는 알겠어요."

"뭐래?"

두 간호사가 서로 눈빛을 교환했다. 두 번째 간호사가 먼저 말했다.

"젤."

뭐라고? 잘못 본 거 아냐? 그게 뭐야?

환자의 손놀림은 엉덩이로 이름 쓰기 할 때의 글씨보다 알아보기 어려웠지만 눈썰미가 좋은 사람 눈에는 서서히 글자가 보였다. 먼저 말했던 막내 간호사가 조심스레 입을 열었다.

"저기, 그다음 것도 말해도 되나요? 틀릴지도 몰라요."

수간호사는 마음 놓고 말하라고 했다. 의사들도 교대 중이니 괜찮다고 했다.

"젤리."

손놀림을 보던 간호사도 말했다.

"맞는 거 같아요."

"그러니까 다음은 뭔데?"

"그게요……."

"젤리빈."

에이, 말이 안 되잖아, 딸을 찾든가 마누라를 찾든가 해야지, 안 그래? 웅성거리는 소리가 이제 크게 들렸다. 그래도 수간호사는 더 말해 보라고 재촉했다.

"그다음은?"

막내 간호사는 이제 주위를 둘러보고 울상이 되었다.

"제가 잘못 읽었나 봐요. 그냥 무시하세요."

"괜찮아. 말해 보래도."

"젤리빈을."

"다음은?"

"……."

"가져."

무슨 소리야……. 에이 설마? 무슨 암호야? 아냐, 잘못 들었겠지, 선생님들 오면 얘기도 하지 마.

그렇게 웅성거리는 동안 수간호사는 가만히 서 있었다. 그리고 뚫어지게 환자의 입모양과 손동작을 비교했다.

"나도 알겠어. 그다음 말도."

"네?"

"얘네들 말이 맞아요?"

수간호사는 빙긋 웃었다.

얼마 만인가.

간호사 생활 삼십 년 동안 이런 환희의 순간이 언제였는지 기억도 나지 않는다.

이 세상은 이런 기적들이 가능하다. 그걸 오랫동안 잊고 살았다.

서서히 가슴이 벅차올랐다.

"가져와."

모두가 할 말을 잃고 어리둥절해 있었다. 뭐야? 제정신이 아닌 거 아냐?

이런 수군거림이 나지막하게 퍼져 가고 있었다.

단 한 명, 수간호사와 함께 전 병동에서 같이 온 나이 지긋한 간호사만이 아아, 하고 탄성을 질렀다. 그녀의 눈에 물기가 어린 것도 수간호사 말고는 아무도 눈치채지 못했다.

수간호사는 다른 센서에 대해 자잘한 지시를 내리고 의사들을 다시 호출한 후 자리로 돌아왔다. 그러고는 환자에게 다가가 그의 손을 살짝 잡고 그의 얼굴을 지그시 바라보았다.

주위를 한번 둘러본 후 그녀는 그의 귀에 대고 이렇게 속삭였다. 목소리가 사뭇 떨리고 있었다.

"박사님."

환자는 여전히 아무 반응이 없었다. 수간호사는 숨을 고른 후, 더 가까이 다가갔다.

"박사님, 들리시나요?"

미소를 머금고 다시 속삭였다. 간호사들은 모두 집중해 그 둘을 쳐다보았다. 마치 달에 착륙한 우주선을 지켜보듯, 모두가 숨을 죽이고 간절하게, 한마음으로 쳐다보았다.

수간호사가 한 번 더 물었다.

"박사님, 여행은 즐거우셨나요?"

아주 서서히 환자의 엄지가 올라가고 있었다.

*

루나는 콧물로 뒤덮인 자신의 '혐짤' 유튜브 영상 앞에서 덧글 삭제 버튼을 계속해서 누르고 있었다.

"안 돼. 포기해, 루나."

노마는 한 대 얻어맞은 듯한 얼굴을 하고 풀이 죽은 목소리로 말렸다.

"내가 죽을 때까지 이거 다 없앨 거야. 두고 보라지. 잡히기만 해봐라. 서버를 옮긴다고 못 찾을 줄 알아?"

"소용없어, 루나. 이미 중국에 퍼지기 시작했으면 끝이야. 개네는 좀비야."

유니는 심드렁하게 말했다. 세 친구가 컴퓨터 앞에 매달려 있는 동안 루나의 휴대폰이 계속 울리고 있다는 걸 아무도 눈치채지 못

했다. 어쩌면 그걸 알아차리려면 꽤 시간이 걸릴지도 모른다.

　휴대폰의 진동 소리는 점점 커지고 있었다. 어쩌면 그 소리는 벌써 저 우주, 우리 은하, 태양계 어딘가에서 궤도를 돌고 있을 파이어니어 10호, 파이어니어 11호, 보이저 1호, 보이저 2호, 뉴호라이즌호, 메신저호, 목성 탐사선 주노에게까지 가닿았을지 모른다. 전파란 원래 그렇다. 에너지란 원래 그런 법이다. 우주 어딘가에서 그걸 듣고 응답을 준비하고 있을지도 모르는 일이다. 보이저 2호가 응답 메시지를 보냈듯이 그건 언제든 가능한 일이다. 지금도 우주에서 당신에게 메시지를 보내고 있는지 알 수 없다. 미래는 가끔 과거를 닮기도 하니까.

　책상 위의 휴대폰은 여전히,
　분주하게 울리고 있었다.

작가의 말

세상일은 알 수가 없다.

원래 사람들은 나와 내 주변은 늘 건강하고 운이 좋을 거라 믿고 사는 것 같다. 그러다 병이 나고 장애가 생기고 입원을 해 봐야, 그런 오만함이 깨진다.

가족의 급작스러운 사고로 이 년여의 병원 생활을 겪고 나서야 나는 이런 귀중한 깨달음을 얻었다. 그때 하루 종일 틀어놓는 병원 텔레비전을 통해 후쿠시마 사고를 목격했다. 그 이후로도 여전히 환자들의 식판에는 원산지를 믿을 수 없는 맛깔스러운 고등어조림이나 삼치구이가 올라왔다. 나는 환자가 그걸 먹어도 될지 불안했지만 뺏을 수도 없어 그냥 내가 먹어 치웠다. 예전에, 중국이나 신흥 개발국 어딘가에서 핵연료가 폭발해 재앙을 맞는다는 내용의 과학 소설의 초고를 어느 정도 써 놓은 게 있었다. 그걸 다시 읽고 나니 부끄러워져 몽땅 지워 버렸다. 언젠가 다시 시작하기로 마음먹었다. 나의 가족이 회복하지 못하거나 퇴원하지 못하면 영영 쓸 수 없으리라고 생각했다.

그로부터 삼 년의 시간이 지나 겨우 이 작품이 완성되었다.

그때 재활 병동 몇 층 아래에서 루나와 같은 아이들을 많이 보았다. 솔직히 말하면 루나보다는 유니에 더 가까운 아이들이었다. 예전에 나는 평범한 내 아이를 보며 안도의 한숨을 내쉬는 그런 엄마였다. 반성했다. 이제는 안다. 비정상이란 정상의 다른 이름일 뿐이라는 걸. 그건 다른 종류의 아름다움이라는 걸 뼈저리게 느꼈다. 병원이 나를 키웠다. 나는 식물인간의 아내가 될 수도 있었고 아스퍼거 증후군이나 자폐를 앓는 아이의 엄마가 될 수도 있었고 방사능에 피폭된 암 환자가 될 수도 있었다. 나는 아주 많이 운이 좋았다. 여러분도 대부분 운이 좋으실 것이다. 하지만 항상 그렇지는 않을지도 모른다.

이런 작품을 쓰게 되리라 상상하지 못했다.

달에 갔다 온 천체 물리학자 겸 핵융합 과학자라니, 방사능에 오염된 끔찍한 세상 이야기라니, 물리학 법칙을 줄줄 외는 괴짜 꼬맹이들의 이야기라니, 그런 걸 요새 누가 읽을까 싶었다. 그런데 읽어 보고 너무 재밌다는 사람들의 성화에 못 이겨 이 책이 나왔다……는 건 아니고…… 그냥 운이 좋아 세상에 나왔다. 이 정도면 내 아이에게도 읽힐 수 있겠다 싶은 마음도 조금은 있었다.

참고로 5장의 제목 '노래하던 새들도 지금은 사라지고'는 케이트 윌헬름이 1976년에 쓴 과학소설에서 따왔다. 7장 '부드러운 비가 올 거야' 또한 사라 티스데일의 시 제목이기도 하고, 레이 브래드버리의 단편소설 제목이기도 하다. 더 나은 미래를 상상할 때 한 번쯤 읽어 볼 만한 작품들이다.

나는 지속 가능한 성장보다는 지속 가능한 지구를, 오염된 미래보다는 안전한 녹색 미래를 염원한다. 내 아이들에게 이런 불안한 세상을 물려주고 싶지 않은 부모로서, 하하하 웃어도 눈물이 나는 그런 소설을 쓰고 싶었다.

또한 유머 없는 세상은 방사능으로 뒤덮인 세상만큼이나 끔찍하다. 물론 그 유머란, 젤리빈을 콧구멍에 넣는 것과는 좀 차원이 다른 얘기다.

이 어수룩한 작품에 애정 어린 조언과 격려를 해 준 이지영 씨와 정소영 씨에게 행운이 있기를. 작가가 좋은 편집자를 만난다는 건, 늘 대기만성인 올림픽 유망주가 좋은 코치를 만나는 것과 다름없다는 걸 난 안다.

아마 내가 죽을 때까지 상대성 이론을 완전히 이해하지는 못하겠지만, 아인슈타인의 헤어스타일만은 꽤 멋지다고 생각해 왔다. 그의 말로 끝을 맺을까 한다. 눈치 챘겠지만 나는 후자의 삶을 믿는다.

"세상에는 두 가지 삶이 존재한다. 하나는 기적이란 존재하지 않는다고 생각하는 삶, 다른 하나는 삶의 모든 것이 기적이라고 생각하는 삶. 당신은 어떤 삶을 고를 것인가."

2014년 2월

김윤영

창비청소년문학 59

달 위를 걷는 느낌

초판 1쇄 발행 • 2014년 2월 21일
초판 4쇄 발행 • 2022년 6월 27일

지은이 • 김윤영
펴낸이 • 강일우
책임편집 • 정소영
펴낸곳 • (주)창비
등록 • 1986년 8월 5일 제85호
주소 • 10881 경기도 파주시 회동길 184
전화 • 031-955-3333
팩시밀리 • 영업 031-955-3399 편집 031-955-3400
홈페이지 • www.changbi.com
전자우편 • ya@changbi.com

ⓒ 김윤영 2014
ISBN 978-89-364-5659-7 43810